Noite de matar um homem
Contos de fronteira

Sergio Faraco

Noite de matar um homem
Contos de fronteira

Ilustrações de Eduardo Oliveira

2ª edição ampliada

L&PM EDITORES

Primeira edição: Mercado Aberto, em 1986
Segunda edição: ampliada e ilustrada, em 2008

Capa: Ivan Pinheiro Machado sobre ilustração de Eduardo Oliveira
Ilustrações: Eduardo Oliveira
Revisão: Jó Saldanha

CIP-Brasil. Catalogação-na-Fonte
Sindicato Nacional dos Editores de Livros, RJ

F225n
2.ed.

Faraco, Sergio, 1940-
    Noite de matar um homem: contos de fronteira / Sergio Faraco; ilustrações de Eduardo Oliveira. – 2.ed. ampl. – Porto Alegre, RS: L&PM, 2008.
    136p.

    ISBN 978-85-254-1811-1

    1. Conto brasileiro. I. Oliveira, Eduardo. II. Título.

08-4004.   CDD: 869.93
                            CDU: 821.134.3(81)-3

© Sergio Faraco, 2008

Todos os direitos desta edição reservados a L&PM Editores
Rua Comendador Coruja 314, loja 9 – Floresta – 90220-180
Porto Alegre – RS – Brasil / Fone: 51.3225.5777 – Fax: 51.3221-5380

PEDIDOS & DEPTO. COMERCIAL: vendas@lpm.com.br
FALE CONOSCO: info@lpm.com.br
www.lpm.com.br

Impresso no Brasil
Primavera de 2008

SUMÁRIO

A sagração da noite escura / 7
O céu não é tão longe / 14
Lá no campo / 25
Aventura na sombra / 34
Dois guaxos / 39
Manilha de espadas / 45
Travessia / 54
Noite de matar um homem / 60
Guapear com frangos / 68
A voz do coração / 78
O vôo da garça-pequena / 85
Bugio amarelo / 95
Adeus aos passarinhos / 101
Sesmarias do urutau mugidor / 105
Hombre / 117
Velhos / 127

A SAGRAÇÃO DA NOITE ESCURA

Para João Sampaio

À tardinha, no Fargo de partida a manivela, Milito pegou Joca e Vô Quintino em casa. Foram comprar a carne, sal grosso, pão, farinha, a canha, e à porta da tenda já os esperava o correntino Herédia com os cachorros capincheiros.

Ao deixarem a cidade, anoitecia.

Na boléia, Milito e Vô Quintino, este o mais velho, beirando os cinqüenta. Na traseira, Herédia e Joca – o mais novo, com menos de vinte –, escarranchados nos fardos das barracas, entre os cachorros e caixas de papelão. A comprida, que em seus verdes anos embalara uma enceradeira, protegia duas Flobé .22, que não arruinavam o couro do animal. Em outra, o lampião, a bateria e o silibim*, que o guri carcheara de um jipão do exército

---

* Corruptela de *sealed-beam*, farol selado para veículos automotores. (N.E.)

antes de dar baixa. A tralha ia dispersa: machado, facões, lanternas e jornal velho para começar o fogo.

A estância de Tito Iglésias distava légua e meia do Itaqui para o sul, oito quadras de sesmaria cujo limite, ao fundo, era o rio Uruguai. Chegaram já noite fechada. Após saudar o estancieiro e Dona Veva, seguiram para o rio, talhando o matagal ribeirinho por uma áspera vereda, percorrida tão-só uma vez ao mês pelo Ferguson 35 com que Iglésias rebocava os artigos contrabandeados do Alvear.

*

Era o rei do chibo*, esse Iglésias.

Farinha de trigo, trigo em grão, banha, queijo, bolachas, manteiga Tulipán, sabão em pó Lux, alfajores Tatín e as saborosas galletitas Tentaciones, sortimentos da Casa Martí de Pepito Mágua, eram itens do consumo doméstico, mas os cashmeres e os cortes de fazenda de La Favorita, que o judeu León Benasayad e doña Mesodya mandavam buscar de Buenos Aires, Iglésias distribuía no comércio de Alegrete, Rosário e São Gabriel. Também vinham pelo rio as balas incendiárias, proibidas no Brasil, que se destinavam aos condomínios das caturras nos altos dos eucaliptos, uma praga das lavouras de milho: ele as revendia, com cevado ganhamento, para lavoureiros de municípios distantes da fronteira. Vivia a la gordacha menos pela pecuária do que pelas lambanças fluviais. Eis porque, descuidando o senso comum, fazia vista grossa

---

* Contrabando de pequeno porte, muito comum na fronteira do Rio Grande do Sul com a Argentina. (N.E.)

àqueles herodes que, acampados em sua propriedade e usando-lhe o barco, desbaratavam a natureza selvagem e até cruzavam o rio atrás das nútrias, mais abundantes na margem correntina, sem que os pudesse alcançar o braço da gendarmería: eram os mesmos que, em troca de minguados pilas, traziam-lhe as mercadorias.

*

Enquanto Vô Quintino abria o buraco para o assado, campeava lenha seca e atacava um esporão-de-galo para tirar espetos, armavam os outros duas barracas, menos para o sono, que seria nanico, antes para escapar ao assanho dos borrachudos, que se atracavam nas partes visíveis do corpo, amiudando os olhos e despalhando a comichão. Arrastaram o barco para a água, com a bateria e o silibim, e o amarraram num salso. O velho prendera o fogo, espetara a carne, e sentaram-se todos ao redor. O lampião, à parte, projetava mais sombra do que luz, e a caneca ia trocando de mão. Quando o vô aprontou o assado, estavam famintos e já um tanto alterados. E era assim, à meia guampa, que costumavam descer o rio. Acreditavam que a canha afinava a pontaria.

Por volta de meia-noite, partiram, e sem o vô, encarregado de juntar e queimar esterco seco para afugentar a mosquitama. Milito remava. Herédia, abancado à popa, manobrava o silibim. Joca, em pé, já carregara a Flobé. Era o começo de uma noite estranha, que cada um, mais tarde, descreveria de um jeito, e que nenhum compreenderia.

O correntino iluminava as barrancas da margem brasileira e logo ali o cone de luz desvelou um capincho sentado. O barco reboleava e Joca dormiu na pontaria, com uma 22 era preciso balear na cabeça. O tiro ecoou na noite escura. O animal ferido testavilhou e, num reflexo de preservação da vida, lançou-se à água e desapareceu. Era por isso que, primeiro, eles desciam o Uruguai: depois, para montante, iam recolhendo os corpos no lombo da correnteza.

Esbanjava frutos do país, o capincho. O couro era vendido aos artífices de botas, tiradores, badanas, cintos, guaiacas, coletes, alpargatas e boinas, que depois iam esperar futuros donos nas prateleiras da Veterinária Aguapey, no Alvear – no lado de cá ninguém comprava, era crença de que o couro atraía mala suerte. Da gordura fervida, coada num guardanapo, produziam azeite de beber, bom para anemia, fraqueza, problemas respiratórios, falta de apetite, insônia e aburrimiento, e já nem se fala nas porções que pegavam o trem e, nos laboratórios do Rio de Janeiro, iam engrossar a catuaba e o guaraná nos crisóis do Capivarol. Até da carne havia quem se afeiçoasse, fresca ou charqueada, dominando a ciência de livrá-la da catinga: extraíam-se as glândulas do sovaco e da virilha.

Em duas horas, Joca e Herédia atiraram em quinze, mas agarraram doze: ou extraviaram três balas ou os faltantes tenderam para a costa do General Perón e vogaram rio abaixo sem que os avistassem. Agora, era preciso trocar a água pela terra e o remo pela alpargata: com o tiroteio, a bicharada refluía para os esconsos do matagal.

O vô carregou a mortualha para o Fargo – a carneação era em casa, no Itaqui – e os homens se acostaram para uma soneca.

*

Antes das quatro entraram no mato. Mantinham entre si certa distância para alargar a busca, com a cachorrada à testa. Além das lanternas, usavam apitos para marcar a posição, do contrário acabariam atirando uns nos outros quando os cachorros acuassem o animal.

Tinha começado a ventar.

Andaram mais de hora em vão. Viram rastros inconfundíveis – os quatro dedos das patas anteriores, os três das posteriores –, viram também troncos com a casca roída ou sujos do barro fresco das esfregaduras, e encontraram o paradouro onde a manada costumava se ajuntar, uma clareira devastada e granida de fezes ainda verdes, recentes, mas dos bichos nem um só de amostra.

Desistiram.

Aperreados, se este dizia sim, aquele dizia não, e cada qual queria culpar o outro pela ronda falhuta. Os cachorros, inquietos com a inação e a ventania, latiam por nada, e Herédia afastou com um pontapé o malhado que veio enfiar-se entre suas pernas.

Madrugada sem lua, sem estrelas, e eles caminhavam, acossados pelo murmuroso mato, e dir-se-ia que o arvoredo, farfalhando, ansiava por enxotá-los. O guri abria caminho e, num redepente, sem que se ouvisse o pisoteio e tampouco os cachorros se alertassem do fartum, sua lanterna deu com um par de olhinhos vermelhos. O capincho estava imóvel, atrás de um cepo apodrecido. Era entroncado. Era um macho. A cachorrada gania, mas não avançava, e aquele animalão, como feito de pedra, a fulminá-los com seu esbraseado olhar e uma ligeira e enervante batida de dentes que semelhava o pipocar distante de árvores caindo.

Era mesmo um capincho?

No campo um touro mugiu, mugido tão longo, tão sentido, que era como se gemesse uma dor antiga e sem remédio.

– Atira – gritou Milito, e o grito lhe saiu em falsete.

Joca apontou a Flobé, juntando a lanterna ao cano, mas não conseguia cravar a mira, sua visão também se avermelhava, estampada pela folharada tumultuosa, e quando conseguiu, bah, não é que o gatilho não cedia? Tinha friúras na barriga e a sensação de que matar aquele fosse-o-que-fosse contrariava uma coisa que não sabia o que era, mas tão misteriosa e como tão santa que, se o fizesse, seria castigado.

– Atira tu – pediu a Herédia, e ao virar-se descobriu que o correntino abrira os panos e já ia longe o difuso clarão de sua lanterna.

Recuaram, seguindo os passos do fujão, e para contornar a aparição obrigaram-se a um laborioso volteio pelo mato espesso. Iam apurados, espetando-se em galhos partidos, tropeçando em troncos tombados, e não olhavam para trás.

*

Na estância, Milito contou que tinham topado com um javali. Herédia jurou que era um lobo e que por isso seus cachorros se achicaram. Joca não dizia nada e, indagado, respondeu:
– Só enxerguei a mancha.

Vô Quintino se divertia e, exagerando, disse a Tito Iglésias que aqueles três, no retorno, traziam a roupa rasgada, a melena em pé e parecia que tinham visto o Diabo.

Dona Veva, que não aprovava os rebusques do marido, nem seu vezo de se acolherar àqueles ventanas e muito menos o extermínio de animais, corrigiu-o:
– Eles viram Deus.

O CÉU NÃO É TÃO LONGE

Ao prender a rédea no palanque, onde paravam já outros cavalos, notou Isidoro que, na cancha de osso ao lado do bolicho, os homens o olhavam, e tais olhares, embora insistentes, não eram provocativos, antes curiosos, surpresos. Gente conhecida, peões da vizinhança que folgavam, e Isidoro, que vinha de uma estância próxima, onde capatazeava, e ia para outra mais distante – as visitas domingueiras ao mano –, estranhou essa atenção. O zunzum sobre a menina cruzara já a porta do bolicho? Afrouxou sobrecincha e cincha, aliviando o ruano. Deu uma palmada na paleta do animal, pendurou o chapéu na cabeça do lombilho e arrodeou o palanque. Da cancha, ainda o olhavam, agora com disfarce.

Três homens ao balcão.

– Buenas.

Nenhum se voltou. Bebiam. Joaninha, saindo da cozinha, murmurou algo que ele não compreendeu e imaginou ser um cumprimento.

— Como passa o senhor seu pai — indagou à moça.
— Assim-assim.
— Continua no hospital?
Pois continuava, e derrubou o copo ainda vazio de Isidoro.
— Ai, desculpe.
Ao servir, as mãos dela estremeciam.
Os homens, que no toco Isidoro esmiudara, eram três polacos um tanto despilchados: dois de alpargatas, camisas remangadas, o outro com a túnica de um longínquo sargento, puída, sem botões, e tênis tão acalcanhados que pareciam natos já como chinelos. Admirou-se de nunca tê-los visto e, pior, não receber a saudação que se costumava dar a quem chegava, perguntando-se pelo destino e o estado do cavalo.
Era gente da cidade.
E pela estampa, gente ruim.
Na ponta do balcão, olhos baixos, ele degustava sua branquinha, e num gesto mecânico levou a mão ao coldre, na guaiaca. O revólver ficara em casa, não o carregava aos domingos. Um gole e sentiu-se menos cismado, e logo bem-disposto ao ver os polacos pagarem a bebida e se retirarem. Um deles disse à moça:
— As melhoras de seu pai, dona.
Joaninha abriu a boca, mas não se ouviu nenhum som.
— Outra — pediu Isidoro.
Ao invés de servi-lo, ela correu à porta para espiar. Isidoro a observava e ouviu o rumor das patas quando os

homens ganharam a estrada, a trote. Joaninha se acercou, ofegante.

— Fuja, fuja!

— Mas que é isso, moça?

— Estão armados e dêle a perguntar pelo senhor.

— Ah é? E o que a moça disse?

— Que o senhor passava de manhã, ia visitar o irmão na Alvorada. Só depois vi o revólver... Fuja, seu Isidoro!

— Não tenho do quê, vai ver que é negócio.

— Não há de ser! Não há de ser!

— Moça preocupada com o pai...

E passou-lhe a mão no rosto, um gesto quase delicado.

Joaninha tinha 32 anos e era solteira, também dentuça, feinha, mas um mimo de mulher, se conduta e bom gênio contassem no juízo masculino. O bolicheiro desejava casá-la com Isidoro, mas este, por mulherengo, negaceava, não era de seu feitio aferrolhar-se a uma mulher e o que lhe apetecia era manter dois ou três cambichos nos puteiros de Maçambará. No entanto, a uma única mulher devia o perigo que talvez estivesse a correr.

— Não se assuste — tornou —, será algum interesse nos meus boizinhos. Em todo caso, se a moça vai se anervosear é melhor que eu leve aquela parabelo do senhor seu pai. Não que precise.

A caminho da Fazenda Alvorada, Isidoro devotava seus pensamentos a uma outra estância, a do Umbu, e figurava a caçula de Dom Romualdo Castanha, senhorita Maria Zilda.

*

Ao recorrer, com a devida licença, os campos lindeiros do Umbu, à cata de uma rês extraviada, vira o petiço na margem do arroio, amarrado a uma sina-sina, e Maria Zilda seminua, reclinada no pasto sobre a toalha. Rapariga levada. Já uma vez o provocara com requebros e nhenhenhéns, quando estivera no Itaqui para tirar um documento e visitara o pai dela. Era da raça do fósforo, bastava um risco, maiormente agora que despachara o noivo amaricado. Ia passar ao largo, mas a tentação de vê-la de perto foi mais forte.

Maria Zilda sentou-se, abraçando as pernas. O seio, encobrira com a ponta da toalha.

– O senhor por aqui, seu Isidoro?

– Eu mesmo. Desde cedo estou campeando a mocha brasina que varou o alambrado. A menina não viu?

– E que visse... Não conheço pêlo de vaca.

– Brasina é cor de brasa, malhada de escuro.

– Posso ter visto... sem ver. Não quer apear?

– Gracias, aceito.

Ao desmontar, atando a rédea na mesma arvoreta, não dissimulou uma olhadela à calcinha da menina, onde abojava aquela sombra densa. Acocorou-se à meia distância.

– Então... como passa Dom Romualdo?

– Bem. E seu patrão?

– Bem.

– Está aí?

– Não, foi ontem pro Itaqui.

– Papai foi hoje. Se estivesse aqui, eu não poderia me bronzear. Fico assim como o senhor vê, quase sem roupa.

Ele aprovou com a cabeça, embora lhe fosse difícil entender por que ela precisava se tostar ao sol da meia-tarde.
— São essas coisas...
— Que coisas, Seu Isidoro?
— Bueno, coisas da vida...
Ela riu, e os alvos dentes do riso a tornavam mais convidativa. Na sina-sina, o petiço priscou, mordido pelo ruano.
— Olhe só o seu cavalo, que malvado.
— É retouço. Quem não gosta de um retouço?
— O senhor gosta?
— Eu mais que todos.
— O senhor é tão engraçado...
E riu de novo. A toalha tinha caído e Isidoro viu o seio nu, apertado contra o joelho.
— E a senhora, se desculpa o atrevimento, uma lindona.
— Acha? — e mordeu o lábio, e estirou as pernas, e nos mimosos morretes os bicos negros e eriçados pareciam apontá-lo e culpá-lo por falta de saliva. — De rosto?
— De tudo — a garganta lhe secara — e mais um pouco.
— Mais um pouco?
— Um pouco muito — e ajuntou, num arranco: — Uma dona como a senhora leva um homem até o céu.
— O senhor também, Seu Isidoro?
— Mais que todos.
Ela se aproximou, de gatinhas, e tocou no braço dele.

— O céu é muito longe. Não quer ir comigo até a tapera, que é mais perto?

— Com a senhora — pôde responder, num cochicho, aturdido pelos corcovos de seu sangue —, vou até onde mora o belzebu.

Antiga morada de um posteiro, a tapera era o refúgio de um cacunda guaxo que, durante o dia, esmolava na vila do Bororé. As paredes de tábua estavam prestes a tombar. Não tinha telhado, e folhas de zinco na cercania atestavam a violência do vendaval que a destapara. Tivera quatro peças, agora três com a queda de um tabique, e por tudo coalhava a flexilha, despontando no buraco das janelas. Por tudo, não. A um canto, a casita dentro da casa: uma pequena cobertura de zinco e couro, à meia altura da parede, suspensa em cada extremidade por dois pares de tramas em xis enrabichadas no chão. Debaixo, um pelego sobre tábuas e ali a menina deitou, arreganhando as coxas, as narinas a fremir como as das éguas.

E era limpa, cheirosa, e era macia. E como sabia se acomodar, espremida pelo macho, como o entrelaçava, apresilhando-o com as pernas trigueiras, como o aceitava, secretando a vereda de seu faminto abismo. E Isidoro, estuando de desejo e emoções desconhecidas, começou a descobrir que, em sua vida empachada de mulheres, era a vez primeira que veramente entrava num corpo que ansiava por seu corpo, era a vez primeira que veramente cobria uma mulher e o resto era bagaço comprado a pouco pila.

A fortuna é perversa: se dá o pão, tira o miolo.

Quando o cacunda os viu e abalou feito o gato da água, Isidoro pressentiu que sua descoberta tinha preço. De fato, na mesma semana soube que Dom Romualdo sapecara a filha, e esta, sem demora, fora devolvida à casa da cidade, à mercê da língua do povo e fadada a morrer solteira.

E agora aqueles polacos.

*

Avançava o ruano a passo, vigiado pelo passaredo na galharia que se debruçava sobre a estrada. Vinha uma jardineira ao seu encontro, com ela uma musiquinha, e Isidoro disse consigo que o peão da Alvorada, que nos domingos demandava ao bolicho por mantimentos, jornais e cartas, estava atrasado. Costumava topar com a jardineira mais cedo.

Pararam.

– Buenas – disse o peão, desligando o radinho Spica, sintonizado na Rádio Itaqui.

– Buenas.

– Como passa o senhor?

– Bem. E tu?

– Bem.

Calaram-se, por momentos olharam ao longe para algo que certamente não viam.

– E meu mano? – recomeçou Isidoro. – Guareceu do pé?

– Pois guareceu. Já hoje andou montando.

– Não dói mais?

– Diz que dói, mas menos.
– Tem que ir no doutor.
– É o que eu digo.
– Mas é xucro.
– Demais.
Isidoro dobrou a perna, repousando-a no pescoço do ruano.
– E esse tempo? Vem água?
– E vem que vem, a formiga anda que só ela.
– Eu vi.
– Formiga não mente.
Riram. Isidoro ofereceu a fumeira.
– Tá servido?
– Como não? Já fiz o meu hoje, mas... mais um, menos um...
Fizeram os cigarros e fumaram em silêncio, com longas e prazerosas tragadas.
– Me voy – disse Isidoro, recolhendo a perna. – A formiga é sincera, mas que a manhã tá bonita, tá.
– E movimentada.
– Não diga.
– Digo. No mato aqui pra trás, perto da cruza da sanga, vi três pilungos maneados.
– Três?
– Um, dois, três.
– Um gateado e dois rosilhos?
– Encilhados.
– De que lado?
– Pro senhor, às direitas.

– E os fulanos?
– Até parei pra olhar. Não se mostraram.
Por isso se atrasou, pensou Isidoro.
– Bueno, te aguardo na Alvorada com o mate andando.
– Com muito gosto – agradeceu o peão. E para o cavalo: – Te mexe, lasqueado!

A jardineira se afastou, erguendo difusa polvadeira, e Isidoro cutucou o ruano. Inquietava-se, mas não era homem de fazer volteios diante de um aperto. De que adiantava refugá-lo? Conseguindo hoje, amanhã não conseguia e então era o caso de apurá-lo, quando menos para não passar dias e semanas no puxa e afrouxa, com prejuízo do serviço. E mais: fazia oito anos que, no domingo, ia matear com o irmão, que retribuía no seguinte. Não ia atropelar o costume, entregando as fichas àqueles sebentos.

Meia-légua adiante a estrada serpejava coxilha arriba. Além, no fim do lançante, assanhava-se um fio d'água entre pedregulho que chamavam Sanga dos Antunes, e grassava o mato pelas bandas do caminho. Quem quer que lá estivesse à espreita avistaria um ginete no topo da coxilha, mas Isidoro, a passo, seguia rumo ao seu destino.

Seguia também o dia no campo, que se abria qual um mar: a garça-vaqueira no meio do gado, a inocência estrábica dos nhandus te mirando, e te mirando também, de um moirão, o perverso quiriquiri, e o grito das saracuras num banhado, e a vigilância ruidosa dos quero-queros, e o vôo remoto dos infaustos urubus, evocando a morte, e a doçura das rolinhas-picuí a namorar num garupá, evocação da vida. Uma súbita preá cortou a estrada em busca de seu gravatazal.

    À distância, podia afetar que o ginete cabisbaixo vinha adormecido ou borracho, mas seu olhar espiolhava o cenário: acabara de ver adiante os cavalos, onde lhe indicara o peão, e os fulanos, decerto, estariam à esquerda, supondo que haveriam de surpreendê-lo. Apeou e, com o ruano a cabresto, entrou no mato, não muito, o bastante para arredar a montaria do bochincho. Com rápidas passadas retornou à orla e se ocultou atrás de uma guajuvira. Enxergava o caminho de laço a laço e, por supuesto, quem tentasse atravessá-lo. Sabiam os polacos que ele apeara ali, mas o que não sabiam nem podiam saber, porque eram da cidade, é que ninguém se move despercebido num capão cerrado: aqui vai o intruso, diz o bulício das asas nas grimpas do arvoredo.

    Ao pé da guajuvira, esperou.

    Eles se aproximavam e acima de suas cabeças esvoaçavam ora a juriti-pupu, a caturrita, o bem-te-vi, ora o pardalzinho, o sabiá-laranjeira, o tororó, e Isidoro crispou-se quando a revoada alcançou as primeiras árvores esparsas. Encostou a pistola no tronco e não precisou esperar mais: lá se vinham, arrastando-se entre as guanxumas. Então ignoravam que a natureza os denunciara? Divisava uma perna e era nela que lhe dormia a mira, um susto e os botava a bom galope. Mas eles trocaram de lugar e então Isidoro, a dez braças se tanto, viu distintamente apenas dois polacos.

E o terceiro?

O terceiro, ele não veria jamais.

Sentiu o baque nas costas, que o grudou na guajuvira. Intentou voltar-se, outro tiro o atingiu na nuca e ele escorregou, abraçado ao tronco, até ajoelhar-se e logo despencar de bruços na folharada.

— Alguém lhe manda lembranças — disse o homem da túnica.

Tossia, deitava sangue da boca, do nariz, mas naquele veloz instante, antes que o nada lhe carcheasse todos os pensamentos e todos os dias por viver, pôde figurar mais uma vez a caçulinha dos Castanha. Na memória da pele ainda guardava o cheiro dela, um cheiro alado que o remontava da orla do mato para um pelego entre flexilhas, onde o deus que mandava no desejo, andando de quatro como um bicho, trazia nas ancas, em balaios de ramaria, o sabor agridoce da pitanga e os suspiros e os gemidos da menina. Não era tão longe o céu. Que lhe cobrasse a vida chica! Ao menos não a perdia na doença, mas por um corpo dourado de mulher e com o recuerdo daquela tarde na tapera.

LÁ NO CAMPO

A trilha se embrenhava num capão e por ela seguiram os dois ginetes, trote manso, até que o mato se despilchou do arvoredo grosso, das ramadas, do cipoal e das folhagens, desparramando-se em escassos espinilhos e umas poucas sina-sinas. Começava a escurecer. Já em campo aberto, subiram vagarosamente uma coxilha. Quem olhasse de longe os perderia de vista na descida e os veria ressurgir adiante, noutra elevação, com o mesmo trote repousado.

Os ginetes eram o velho Cuertino López e seu filho Joca. Ambos trabalhavam numa estância lindeira e viajavam sem pressa para cumprir, na vizinhança, um dever solene.

Era noite fechada quando chegaram à sede da fazenda cujos campos tinham acabado de cruzar. Aproximaram-se da casa pela frente, a cuscarada acoando ao redor. As paredes chatas branquejavam entre as árvores, eles viam a varanda em arco e ao lado o traço esguio do catavento, como um louva-a-deus em pé. À regular distância o galpão, a grande porta iluminada, atrás do galpão uma meiágua a dessorar suas indecisas luzes. Num sítio baixo, descampado, começavam as mangueiras, os banheiros do gado, e subia de lá um cheiro embrulhado de bosta e remédio.

No palanque havia dois cavalos. Maneados e dispersos, mais quatro, e os seis traziam garras domingueiras. O velho e seu filho detiveram-se ali, mas não desmontaram. Das casas já vinha um homem.

— É Vicente? — perguntou Cuertino ao filho.

Era. O velho saudou o capataz da estância, que o convidou:

— Vá se apeando, compadre.

— A bênção, padrinho — este era Joca.

— Deus te abençoe — disse Vicente, ao mesmo tempo em que sossegava os jaguaras.

Apearam. Cuertino amarrou a montaria no palanque, Joca maneou a sua.

— Noite bonita — disse o velho.

— De primeira — assentiu o capataz. — Em noite de paz velam os santos.

Na frente do galpão, sob os cinamomos, um fogacho reunia a comparsa. Os recém-chegados trocaram adeus e se acomodaram, sentados no garrão. Uma garrafa refrescava num balde d'água, longe do fogo, e a caneca corria de mão em mão. Na sua vez, o capataz enchia e a volta recomeçava, sempre pelo lado esquerdo. Quase não conversavam. De vez em quando um deles avançava um chiste e riam com recato, depois se aquietavam e algum ria de novo, sozinho.

Conforme a peona anunciou a bóia passaram todos ao galpão, onde a mulher deixara a panela sobre a pedra de afiar. Comeram em ruidosos pratos alouçados, sem falar, mas ao final da refeição fizeram questão de atestar, com discretos arrotos, que a canjica com charque estava ao contento. Não chegaram a matear depois, como cumpria: veio outra vez a peona, serelepe, dizer que o Doutor Romualdo mandava saudar os visitantes e os invitava para um copito de licor.

Homem já maduro, mas robusto, de rosto aberto, franco, um vulto às antigas, o estancieiro os esperava na varanda, com a mulher e a filha. Pediu que sentassem nas cadeiras de palhinha, não cerimoniassem. A mulher serviu o licor, e a menina, numa bandeja, ia oferecendo aos homens. Ao frentear Joca, espiou-o, e o guri se mosqueou no assento, seguindo a moça com um olhar de espicho.

Praticaram do que lhes era familiar: a última esquila nas fazendas do distrito, o nível escasso dos açudes, o céu que se enfarruscava e não favorecia. Caladas, mãe e filha ouviam retalhos da conversação e se abanavam, carneadas pela mosquitama. Cuertino elogiou o licor, "de gosto sem exemplo", e Vicente alertou: era hora de substituir quem estava sem comer.

— Espero rever os senhores em dia mais a preceito — disse o estancieiro ao despedir-se.

Três deles, Guedes, Paco e Ataíde, rumbearam para a meiágua atrás do galpão. Os outros voltaram ao fogo, que a peona alimentara com fornidas achas.

– Bom homem – disse Cuertino.
– De fato – disse Vicente.

E então um longo silêncio, interrompido por ruídos indistintos de cozinha, atropelos da terneirada no chiqueiro ou pelo último sorvo a cada vez que o porongo cambiava de mão. Joca, pensativo, riscava a terra com um graveto.

– Doutor Romualdo de Souza... – fez o velho.
– É... – fez o capataz.

Chegavam três homens, Luicito, Marciolino e Pisca, que até então tinham feito presença na meiágua. Todos se conheciam.

– Como é que tá lá dentro – indagou Vicente.
– Meio abafado – disse Luicito.
– E Dona Luíza? – quis saber Cuertino.
– Conformada.

E lá vinha de novo a peona...

Era uma chinoca petiça e ligeira, desprovida de beleza mas não de carnes. Entre um mandado e outro, decerto achara tempo para correr ao quarto, pois agora trazia no cabelo uma fitinha coloreada em tope. Na cozinha, ela disse, tinham aquentado a canjica. Luicito, Marciolino e Pisca entraram no galpão e a mulher se quedou por ali, remanchando. O velho notou que ela mexia no fogo e olhava para Joca.

– Posso ir agora, pai?
– Se te agrada...

Joca ergueu-se com agilidade. Era alto, moreno, tinha cabelos longos e lisos. Andando, abalançava-se para um lado e outro, feito o mangolão que em verdade não era. O velho o seguiu de revesguelho até a porta da meiágua.
— E essa peona, Seu Vicente? Ativa, não?
— Demais.
— Ainda solteira?
— Pois continua.
O capataz encheu a cuia para Cuertino.
— O Joca tá crescido. Ainda ontem nem sabia montar e vivia inticando com as galinhas.
— Crescido e safado — disse o velho.
Vicente riu mansamente.
— É da idade. Qualquer dia se arroja por aí a la cria.
— Não me avexando...
— Isso não, é um galinho buenaço, cumpridor.
— Galinho eu sei — disse Cuertino.
A cuia voltou para Vicente, que filosofou:
— E assim vai-se vivendo, compadre. Um nasce, cresce, cai no mundo...
O velho apontou o beiço para a meiágua:
— E de repente dá com a cola na cerca como o senhor seu sogro.
— É verdade — e Vicente olhou também para a casinha, como se esperasse ver o sogro lá na porta.
— Que mal pergunte — tornou Cuertino —, como é que o morto lhe tratou?
— Não me queixo — disse o capataz. — Me deixou uma pontinha de gado, vinte e seis cabeças. Estão na invernada do fundo, já com alguma cria.

— Tem marca?

— Ainda não, mas agora vou botar. Aquela zebua que andou saltando pro seu campo faz parte do interesse.

— Vaquilhona disposta.

Um dos homens saía do galpão e eles se calaram. Era Luicito, trazendo outra garrafa de caninha. Explicou que tinha tomado a liberdade porque ninguém sabia onde se metera a peona.

— A casa é sua, meu filho — disse Vicente.

Cuertino ergueu-se.

— Vou dar meu cumprimento à comadre.

Na casinha, não viu Joca. Junto à porta e em pé, estavam Guedes, Paco e Ataíde, nas cadeiras as mulheres e entre elas Dona Luíza, já de meio-luto. O morto estava no centro da peça, numa cama de solteiro, em cuja cabeceira haviam colado uma vela. Outras bruxuleavam numa mesa sem toalha, encostada na parede. Um lampião de querosene pendia de um gancho preso no teto.

Cuertino curvou-se atrás da mulher.

— Meus sentimentos, comadre.

Ela levou um paninho aos olhos. O velho fitou gravemente o morto e esmerou-se num pelo-sinal pausado e respeitoso.

Estava quente ali, havia mosquitos e um irritante grilo a cricrilar tão perto e tão invisível que se chegou a pensar — e Dona Luíza até deu uma espiada — que tivesse entrado nas narinas do morto.

Cuertino fez presença o bastante para um homem de sua idade. Ao sair, foi ver os cavalos. Alguns pastavam, os maneados, os do palanque imóveis como estátuas noturnas, menos um que tinha acabado de bostear e abanava a cola, mui campante. Ocultou-se atrás de um deles e urinou, respirando fundo. Reinava um cheiro bom de esterco fresco.

Encontrou junto ao fogo Vicente, Luicito e Pisca, pois Marciolino se oferecera para bracear mais lenha. A caneca volteava outra vez. O velho deu seu gole e contou que um grilo se acampara no gogó do morto. "Barbaridade", disse alguém, e Luicito aproveitou para contar o causo de um morto que não morrera. Quando terminou, Vicente deu uma palmada na coxa.

– Vou recolher as tábuas. Já é tempo de ir providenciando, antes que o finado – e olhou para a meiágua – resolva sentar na cama.

– Sim, porque cantar já tá cantando – disse o velho.

Os homens acharam graça, Luicito se prontificou:

– Não se incomode, Seu Vicente. Eu e o Pisca cuidamos desse assunto, não é, Pisca?

– E como não!

– Gracias – disse o capataz. – Tem prego e martelo no jirau.

Ficaram só os dois e Vicente encheu a caneca com a sobra da garrafa.

– E o Joca que não aparece... – disse o velho.

– É... – fez o capataz.

Em silêncio, esvaziaram a caneca. Às vezes um resmungava qualquer coisa, e a contraparte do outro era como um eco demorado e vago que só desse voz depois de se esfalfar miles de voltas ao redor do fogo. Um cachorro veio cheirar as mãos de Cuertino, que o enxotou com um palavrão.

– Olhe quem vem lá – disse Vicente.

Era Joca, como vindo da meiágua. Hum, fez o velho, e disse, acentuando as últimas palavras:

– Tua madrinha tá pedindo pra tu ir lá *de novo*.

Joca parou, como assustado. Passou a mão no cabelo escorrido, deu meia-volta e foi-se.

– Safado – murmurou o velho.

– Não se enfrena colhudo, compadre – disse Vicente, divertido.

– Mas numa ocasião dessas...

– E há outras? Me lembro muito bem que em mil e novecentos e...

– Epa, Seu Vicente, vai desencatarrar a memória?

Marciolino se aproximava com uma braçada de lenha e ouviu o riso do capataz.

– Que é que saiu aí?

– Recuerdos de gente velha, nada mais – disse Cuertino. – E então, Seu Vicente Antunes, já não se oferta caninha em velório, como nos mil e novecentos que o senhor ia lembrando?

Como por encanto apareceu a peona. Vestidinho diferente, limpo, e sem a fita no cabelo. Perguntou se queriam mais canjica.

– Canjica – repetiu Cuertino, como se não entendesse. – Não, gracias.

— Traga mais uma garrafa, faça o favor — disse Vicente. E para o velho, baixo: — Canjica é o que ela andou socando.

O velho deu uma risada e emendou:
— Ou foi atar carqueja na vassoura.
Riram de novo, com espalhafato.
— Oche — protestou Marciolino. — Outra de velho?
— Não — disse o velho —, essa é de gente muito nova.

Veio a caninha e os dois compadres, num assanho só, pediram a Marciolino que fosse até a meiágua e carreteasse o Ataíde para uma roda de truco*. Ia começar o bom velório.

---

* Jogo de cartas praticado com o baralho espanhol, muito comum no Rio Grande do Sul, sobretudo nas zonas fronteiriças da campanha. (N.E.).

AVENTURA NA SOMBRA

Era um entardecer modorrento, parado, como costuma ser o fim do dia no campo. Na ponta da várzea começava a subir uma fatia de lua, o gado refluía vagarosamente aos paradouros e as galinhas de compridas asas e penas sujas de terra já não ciscavam na frente do galpão, já se recolhiam também e, nas ripas do jirau, encostavam-se umas às outras para esperar a noite. Quase nenhum ruído se ouvia e Cleonir sobressaltou-se quando o piá deu um mangaço na janela.

– Eh, negro, vou ao Bororé.

Cleonir assoprou o braseiro, largou a cuia no tripé. Ergueu-se com dificuldade, careteando um bocejo.

– Bororé, Bororé, todo mundo vai pro Bororé. É Bororé pra cá, Bororé pra lá...

– Tô só avisando, não tô pedindo nada.

O negro velho debruçou-se na janela, subitamente interessado.

— Vai aonde?

O piá arrastava os arreios para a cancelinha do cercado e lançou para trás um olhar arisco.

— Ah, vai viajar — tornou Cleonir.

— Vou. Me empresta tuas maneias de trava?

— Empresto. Quer que pegue o tordilhinho?

— Não, gracias, vou com a Flor-de-Lis.

— Flor-de-Lis? Aquela que tô vendo ali?

O guri se arreliou.

— Quer que eu monte um potro caborteiro? Quer que me estropie num tacuru?

Da janela Cleonir olhava para o tordilho, que se coçava numa trama do cercado, a ossada das ancas despontando. Cavalo velho e aguateiro, muitos anos de trabalho na pipa tinham deformado seu esqueleto: forte de peito, mas lunanco, lombo arqueado para cima e descascado pelo serigote.

— Ai-ai-ai — fez o negro, matreiro.

Capengando, afastou-se para um canto do galpão.

— Freio ou buçal?

— Freio.

Flor-de-Lis cochilava na frente das casas e Cleonir a enfrenou com facilidade.

— Aqui tem, pode encilhar. Quer dizer que vai mesmo ao Bororé nessa mancarrona?

— É boa montaria.

— Boa montaria!

— Tem trote apelegado.

— Trote o quê? Ai, minha madrinha.

O guri encilhou, deu de mão nas rédeas e fez a égua arrodear à moda de bagual esquivo. Montou de um salto.

– Diz pra mãe que volto antes da janta.

– Antes da janta! Vai a galope?

Negro abelhudo, pensou o piá.

Deu uma espanada de açoiteiras, a égua arrancou num trotezito chasqueiro, cangote baixo e baixava tanto que ele precisava se agarrar no santantônio para não afocinhar.

Longe, na várzea do arroio e como pendurada na lua, viu de novo a cena que no dia anterior estivera a cuidar: o touro brasino perseguindo a novilha magra. Adivinhava a baba fina dele, as ventas de sabão, o bramido surdo e ameaçador. Mais para cá, quase perto, uns urubus se alçaram de um macegal, destapando um corpinho branco. Ficaram voando em círculos, as cabeças medonhas torcidas para baixo, espiando.

Começava a escurecer quando ele chegou ao capãozinho, no lugar que escolhera durante a noite maldormida. A trilha de gado que se enfiava no mato, o chão forrado de bosta de capincho e por ali foi-se adiantando, rédea frouxa, já no passo. Flor-de-Lis restolhava de manso, defendendo os troncos e a ramaria, negaceando nalgum perauzinho da sanga interna. A passarada estranhava o roçado novo, debandando forte.

A senda ia de encontro a um alambrado de três fios e se bifurcava. Lugar estreito, sujo, ele apeou devagarinho, um pé no estribo e o outro procurando o chão. De uma cacimba rasa, quase sumida entre inhames e samambaias, ai-que-susto, o rufar das asas de um pombão. Perto, pertinho, a sanga se esfregava em pedras redondas e nas duras raízes do arvoredo.

Era ali.

Lá fora, a meia-lua sobre a várzea e o sol a morrer sua velha morte de langores coloridos. Nas casas, a sombra comprida das árvores. Cleonir mateando no galpão e a brasa do palheiro abrindo uma claridade rubra ao derredor. A mãe rondando a cancela: "Bororé, meu Deus, que é que esse menino foi fazer no povo?" Ela havia de ver na várzea uma língua prateada do arroio, a mesma água que vinha dar no seu costado, sussurrante e noturnal. E ali dentro o mato ia ficando espesso, misterioso, cheio de sons, de vultos. Mais para dentro ainda, seu coração como em suspenso.

Com gestos rápidos, nervosos, maneou a égua e empurrou-a de ré contra o alambrado. Subiu no terceiro fio e se deitou sobre suas ancas. Flor-de-Lis trocava de orelha, mas não era desconfiança, não, estava acostumada e para ela essas volteadas nos matos da chacrinha, carregando ginetes sorrateiros, eram menos misteriosas e sem susto algum.

Era noite fechada quando esse ginete voltou para casa, e a lua, com sua minguada teta, já aleitava um magote de estrelinhas em alvoroço. O negro velho dormitava num cepo e ao ouvir o galope levantou-se, espiou pela janela. Na porta da casa apareceu a luz bruxuleante de uma lamparina.

O guri apeou longe, soltou a égua e veio devagar, arrastando as pilchas.

– Buenas – saudou o negro.
– Buenas – disse o piá, engrossando a voz.
– Que tal a viagem?
– De regular pra boa.
– Como estava o povo?
– Como sempre.

DOIS GUAXOS

Refrescara um pouco, brisas da noite se espojavam entre os cinamomos e do matinho atrás das casas vinha o chiado baixo da folharada sacudindo. Passava da meia-noite. Sentado no costado do rancho, na terra, Maninho não cessava de apalpar o punhal que desde cedo trazia ao alcance da mão. Cabeceava, mas não queria dormir: se fechava os olhos, via o parreiral, o pelego branco, Ana, e o bugre naquele assanho de cavalo. Que tormento.

Frestas de luz no galpão de barro, zunzum de conversa e risos, era seu pai que estava lá, com o Cacho, carteando truco de mano e naquelas charlas misteriosas, atiçadas pela canha, que só terminavam quando o braseiro se desmanchava em pó de cheiro ardido. De que falavam? Maninho ouvia a voz do pai e o punhal machucava a mão, tanto o apertava. O velho nunca prestara e tinha piorado depois da morte da mulher, embebedando-se até em dia de semana e maltratando os filhos por qualquer nonada. Agora se acolherara com aquele traste indiático, aquele bugre calavera e muito alcaide, que viera do Bororé para ajudar na lida e era dia e noite mamando num gargalo e ensebando o baralho espanhol.

Da mana, ai, da mana não sentia raiva alguma, só uma dor no peito, só um caroço na garganta. Já abeirante aos dezessete, morrendo a mãe ela tomara seu lugar, cozinhando, remendando o traperio, ensinando-lhe a ler umas poucas palavrinhas. E até mais do que isso... Viva na sua lembrança estava a noite em que o temporal arrebentara o zinco, destapando metade do ranchinho. Molhada, louca de frio, ela viera se deitar no catre dele. As chicotadas do aguaceiro na parede e aquele vento roncador, os mugidos soluçantes de terneiros extraviados e aquele medo enorme de que o mundo se acabasse, e no meio da noite, do vento, da chuva que vinha molhar o xergão com que cobriam os pés, ela quisera que lhe chupasse o seio pequenino. A mornura e o cheiro do corpo dela, e seu próprio coração num galope estreito, uma emoção assim – pensava – não era coisa de se esquecer jamais. Que noite! E na doçura do recuerdo vinha se enxerir o índio Cacho, dando sota e basto como um rei. Desde o primeiro dia, vendo Aninha, não disfarçara suas miradas de cobiça, sua tenção de abuso grosso, e o descaro era tamanho que até se apalpava em presença dela. Tivera a certeza, então, de que o pai não zelava pela filha e pouco se importava que um bugre tumbeiro e mal-intencionado tomasse adiantos com a menina. Quem sabe até não a perdera nalgum real-envido!* Tivera a certeza de que, não sendo o bugre, ia ser outro qualquer, algum bombachudo que apeasse por ali e depois se fosse, deixando-a tristonha, solita... solita como se queda uma novilha prenha. E depois, ah, isso já se sabia, depois ia virar puta de rancho, puta de bolicho e no fim uma daquelas reiúnas que vira algumas vezes na carreteira, abanando em desespero para caminhão de gado.

Ora, não era bem uma surpresa.

E na tarde daquele dia que se terminara, enquanto o velho gambá se emborrachava no galpão e a chacrinha toda era um silêncio, tinha visto olhares, sinais, Cacho a rondar o quartinho, até urinando por ali para se mostrar, e Maninho sabia que ela estava olhando, que ela estava espiando, nervosa, agitada, e que já era hora de aquentar o café e o mingau de farinha e ela nada, só janeleando e aquele tremor nas mãos, nos lábios, aqueles olhos ariscos e assustados.

Entardecia, o lusco-fusco cheirando a fruta, a estrume fresco, a terra mijada. Eles se esconderam no parreiral e Maninho os seguiu entre ramadas, pastiçais. Um pelego branco e o corpo de Aninha também branqueava debaixo do couro zaino do alarife. Podia não ser uma surpresa, mas, ainda assim, o que parecia ter levado mesmo, ai-cuna, era um mangaço ao pé do ouvido. Mão crispada no punhal, um-dois-três e finava o homem, mas não se movia, apresilhado ao chão, vendo os dois rolarem na terra e se esfregando um nas partes do outro. As pernas de Aninha

---

* Lance do jogo do truco. (N.E.)

se afastaram, o bugre se ajoelhou, cuspiu nos dedos, um suspiro, um gemido fundo e ele começou a galopear, atochado nela.

Essa tarde anoitecera, a noite já envelhecia, entrava a madrugada nos mangueirões do céu e o guri cabeceava... Ia esfriando agora, a brisa quase vento e o chiado da folharada aumentava no mato atrás das casas. Ele trazia os joelhos de encontro ao peito para se aquecer, pensava na mãe, que as mães não deviam morrer tão cedo, na falta delas todo mundo parecia mais sozinho, espremido no seu cada qual como rato em guampa. Vida miserenta, porcaria, dava de ver como a família ia bichando, ia ficando podre, ia virando pó.

No galpão, o velho e Cacho se entretinham numa prosa enrolada e esquisita, bulindo com dinheiro.

– Vai te deitá, guri – disse o velho, vendo Maninho entrar, e voltou-se para o bugre: – E aí...

– Aí... – fez o outro, e não continuou.

Maninho agarrou o freio e um pelego. O velho viu, deu uma risada frouxa.

– Se mal pergunto, vai dar algum volteio?

O bugre não riu. No candeeiro de azeite, pendurado no jirau, a chama ia mermando, cedendo espaço às sombras.

Maninho enfrenou um tordilho, que por viejo e lunanco não ia fazer falta a ninguém. Depois entrou em casa, foi direto ao quartinho da irmã.

Aninha dormia de lado, parte dos cabelos escondendo o rosto. A tênue claridade da noite, debruçada na janela, fazia do corpo dela um vulto acinzentado, mas gracioso. Maninho não conhecia muitas mulheres e nunca dormira com nenhuma, mas com qualquer que pudesse comparar, Aninha parecia mais bonita, bagualazinha jeitosa que dia a dia ia se cascudeando naquelas lidas caseiras. E dizer que aquela pitanga fresca e saborosa tinha cevado sua polpa para um chiru desdentado como o Cacho... Quanto desperdício, quanta falta de alguma coisa que não sabia o que era e já se perguntava, afinal, se não era o tal de amor. Seus olhos se encheram de lágrimas e ele se ajoelhou, aproximou o rosto do ventre da irmã. Um beijo, e o sexo dela tinha um cheiro delicado, profundo.

Aninha moveu-se e ele se ergueu, resoluto. Foi até o puxado onde dormia e meteu alguma roupa nos peçuelos, carregando também sua tropilha de gado de osso. Na saída, cortou do arame um naco de charque de vento. Montou, partiu despacito, no tranco. Ao cruzar pelo galpão viu que o velho e Cacho já dormiam, tinham debulhado duas garrafas de cachaça.

Um tirão até Itaqui, e depois... quem saberia?

Depois ia cruzar o rio Uruguai, ou não cruzar, ou ia para Uruguaiana, Alegrete, ou para a Barra, Bella Unión, lugares dos quais ouvira um dia alguém falar. Queria conhecer outras gentes além de um gambá e de um bugre, queria conhecer outras mulheres, mamar noutras tetas e, enfim, saber de que trastes se compunha o mundaréu que começava más allá das canchas de osso e dos bolichos da vila do Bororé. Um dia, um dia distante – quem saberia? –, talvez até voltasse. Não pelo velho gambá, que aquele não valia um caracoles e merecia era bater de uma vez com a alcatra em chão profundo. Não pela chacrinha, que nem era deles, nem mesmo por Ana: que fosse a pobre mana enfrentar seu destino. Voltar para subir o cerrito de pedra nos fundos do campinho, para atirar uma flor na cruz da velha morta, de quem, agora mais do que nunca, sentia tanta saudade.

MANILHA DE ESPADAS

Na rua principal daquele povo havia uma barbearia, um bolicho de miudezas, uma ferraria e a pensão de Pepeu Gonzaga, além de umas poucas casas com quintais profundos e nenhuma cerca divisória. Numa delas funcionava a igreja, noutra o posto de saúde, que só abria às terças, quando vinha plantonear a enfermeira de Itaqui.

Anoitecera, uma grande lua se equilibrava na cumeeira da ferraria e apenas dois focos de luz despontavam da massa escura do casario. Um deles, muito débil, era num rancho meio arretirado, onde agonizava uma criança. O outro, tão forte que até clareava a rua, era a janela da pensão, em cujo refeitório reinava um lampião pendurado no teto.

Nenhuma brisa e só a tropilha dos bichos de luz enveredava pelo janelão escancarado. Alguns homens jogavam cartas, o dono da pensão era um deles e ao todo eram quatro, formando as duplas que se atracavam: o Comissário Boaventura, parceiro de Pepeu na carpeta daquela noite, o mulato Isidoro, cabo da Brigada e chefe do destacamento local, e um forasteiro, hóspede da pensão desde dois dias, cujo nome ninguém sabia ou perguntara.

Era o estranho quem jogava.

— Truco — disse, baixo.

Era um homem de porte amediado e retacudo, mui recheado de pulso e mãos calosas, descascadas pela agrura de algum serviço ingrato. Trazia a barba por fazer, a cabeça enterrada num boné branco e melenas como pouco se viam naquele pago, longas de espanar os ombros e sujas e bem embaraçadas. Calçava alpargatas velhas, e o demais de sua indumentária podia divertir ou inquietar: uma calça puída de um incrível veludo e uma antiga e manchada túnica militar, cuja gola se mantinha erguida nas laterais do queixo.

Pepeu Gonzaga o vigiava com disfarce, tentando convencer-se de que o outro adversário, Cabo Isidoro, dera-lhe a senha dentro dos conformes. Aquela mão era de arremate, podia puxar dois tentos e se chegasse a puxar três empilhava mais um touro* na dupla contrária.

— Quero mesmo — disse o dono da pensão, e logo arriscou: — Quero retruco!

— Quero vale-quatro — repicou o forasteiro, batendo com o punho na mesa, olhos ariscos procurando os

---

* No jogo do truco, conquistar um touro significa vencer uma partida, ao cabo de duas séries de nove tentos, isto é, pontos. (N.E.)

daquele que, na lei do jogo, devia ser seu companheiro. O cabo olhava para as cartas expostas, quase ausente.

Pepeu Gonzaga conferiu os tentos, indeciso. Nessa volta corria plata de bom peso e com um vale-quatro topava o risco de um final entreverado. O brigadiano dera a senha de um três, cartinha cevada, muito própria para um talho da manilha de espadas, mas quem garantia que o melenudo, desconfiado, não mentira ao companheiro? Fitou de relance o cabo, que continuava quieto, de cabeça baixa.

No envido e no real-envido, na flor e na contraflor, no truco, retruco e no vale-quatro, assim como nas senhas ou morisquetas que correspondem ao valor das cartas e, principalmente, na charla tramposa dos jogadores, o truco é um jogo que desmuda o homem do avesso. Numa roda às ganhas, seja em cima de mesa, no chão batido de um galpão ou debaixo de carreta, se destapam as grandezas e as miudezas das criaturas, sua nobreza ou sua vilania, e um bom orelhador de almas, naquele refeitório, veria no Comissário Boaventura o servilismo astuto de um lambedor de espora, em Pepeu Gonzaga o covarde que canta de galo quando amadrinhado, veria também que o cabo era mau peixe, tipo acanalhado que vomitava o trunfo para traicionar o companheiro. Deste, porém, não veria nada, exceto vaga determinação para qualquer coisa indefinida. Porque também é assim esse jogo de capricho: vê-se através dele que certas pessoas são como as pedras. E esta era a matéria de que parecia compor-se a fisionomia do forasteiro.

– Aceito – disse Pepeu Gonzaga, ferindo a regra do jogo e só para ganhar tempo.

– Aceito não é quero.

O cabo mordiscou o beiço, era a confirmação do três.

– Quero mesmo – gritou o dono da pensão.

O forasteiro largou o três na mesa com gesto algo enfastiado, Pepeu Gonzaga apontou o queixo para Boaventura.

– Dê-lhe com a manilha, comissário.

– Carta de respeito – disse o forasteiro.

– Mala suerte, amigo – disse Boaventura, desvirando o sete de espadas. – Mas não se aflija, entre gente de bem tudo se arregla.

– Natural – tornou o outro.

– Quando quiser a gente dá o desquite – interveio Pepeu, juntando as cartas. – Vale o mesmo pro cabo.

Convidou a parceria para um trago por conta da casa. Veio a bebida, meia garrafa de canha que serviu em porções rigorosamente iguais, em quatro canecos de alumínio.

– Se mal pergunto – indagou o cabo –, o ilustre trabalha em quê?

– Por conta.

– Ah, sim... e é a primeira vez que vem ao povo, acertei?

– No miolo.

– Eh, cabo, investigando meu hóspede? – mofou Pepeu Gonzaga.

– Nem pense nisso, Seu Pepeu.

O comissário pôs a mão no ombro do forasteiro.

— A gente conhece quem cruza por aqui, é aquela arraia miúda que vai a Uruguaiana pra chibar na ponte internacional. Não é o caso do amigo, claro.

— Claro — repetiu o forasteiro, e pela primeira vez seu rosto denotou expressão mais forte: como impaciente, arredou o ombro da mão do comissário.

Acertaram as contas, e mais tarde, quando o homem retirou-se para o quarto, Pepeu Gonzaga acompanhou o cabo e Boaventura até a porta da frente. Noite clara, com a lua redondeando já muito acima do telhado da ferraria, mas a rua continuava escura. O lampião do refeitório fora apagado e apenas lá no longe, no ranchinho, persistia a vela do inocente encomendado.

— Quanto tenho aí — cobrou o cabo.

— Mil e duzentas. Confere?

— Confere.

Boaventura viu o dono da pensão contar o dinheiro e entregá-lo ao cabo. Em seguida recebeu sua parte.

— Gracias.

Era um trato antigo. Arribava um visitante à pensão, Pepeu avisava os outros e, de combinação, desbuchavam o infeliz. Às vezes as pessoas eram alertadas, mas se achegavam para orelhar o jogo e quase nunca resistiam. Que outro passatempo encontrariam os homens naquele rincão olvidado pelo mundo? Uma rua principal, descalçada, cortada por outras que eram quase trilhas, uma barbearia, um bolicho, uma ferraria, o remédio era carpetear com Pepeu Gonzaga, pois a Boate Copacabana, lá na ribanceira do arroio, o comissário tivera de fechar porque a proprietária se arrenegava de pagar por mês a proteção. E o já escasso mulherio fora debandando aos poucos, na carroça do leiteiro ou no caminhão do dáier*, levando embora os lampiões de tubo vermelho, os vestidos estampados, os cheiros de *Amor Gaúcho*, o bandônio, as milongas, as emoções e os pequenos tumultos das noites do povoado.

Os três homens despediram-se na beira da valeta que corria junto à porta, carregando os detritos das casas. Pepeu deixou o cabo afastar-se e disse ao comissário:
— Compadre, fique de olho no melenudo.
— Algum problema?
— Não, mas... ele viu que o cabo me passou a senha. Não lhe parece um tipo calavera, meio atrevido?
— Impressão sua, Seu Pepeu.
— Não, não, compadre, eu nunca me engano.
— Bueno, amanhã mando o cabo indagar dele.

No quarto, sentara-se o forasteiro no chão duro, ao lado da cama onde dormia um menino. Dobrou a túnica ao jeito de travesseiro, bem perto o castiçal com a vela e a cantoria dos mosquitos que se bandeavam para sítios mais escuros. Não descalçou as alpargatas. Do bolso da calça tirou um naco de fumo, três ou quatro palhas cuja espessura examinou com os dedos e contra a luz da vela. Seus movimentos descuidados acordaram o menino.
— Tio?
— Te deita, guri.
— Não tá na hora?

---

* DAER: Departamento Autônomo de Estradas de Rodagem, responsável pela conservação das estradas estaduais. (N.E.)

– Não.

O piá tornou a deitar-se, sem demora o homem ouviu seu ressonar tranqüilo e fitou, como preocupado, aquele rosto pequeno emergindo da penumbra. Continuou a picar fumo, agora com alguma violência e em pedaços maiores do que no costume. Quando ajuntou porção bastante, desfiou-o com gestos rápidos, experientes. Assentou o fumo na palha que escolhera, fechou o cigarro e acendeu-o na chama da vela. Acostou-se, afinal, e fumava devagar, longas tragadas que avermelhavam seu rosto e os olhos abertos, parados. Quando o palheiro mermou a ponto de queimar-lhe os lábios, jogou-o no piso perto da janela. Durante um tempo como sem medida, tempo animal, permaneceu imóvel, mãos atrás da cabeça, e ao apagar-se a vela, desmoronando numa pasta pelos bordos do castiçal, continuou deitado, quieto. Os primeiros galos ainda não tinham cantado quando ele se ergueu e despertou o menino.

– Tio?
– Te alevanta.

O guri saltou da cama, também ele se deitara sem tirar as alpargatas. Decerto revivendo outras madrugadas de um mesmo ritual, juntaram rapidamente meia dúzia de trastes que tinham-se espalhado naqueles dois dias de hospedagem.

O piá saiu primeiro, pela janela, cruzados nos ombros os pequelos carregados. Embrenhou-se no quintal vizinho e o homem seguiu-o com um olhar comprido até desavistá-lo entre o arvoredo sombrio. Abriu a porta e avançou pelo corredor, não para a rua, mas na direção oposta, para o fundo, onde moradiava Pepeu Gonzaga. Se o guri tivesse ficado, escutaria logo após um estalo de porta, uma voz em falsete entrecortada, um baque surdo, escutaria o silêncio... e passos, depois, no corredor. Mas o guri nada ouviu. Parado na esquina da rua, apenas avistou o tio deixando a pensão pela porta da frente, com aquele andar abalançado que aprendera a conhecer de longe e mesmo nas noites mais fechadas. O homem aproximou-se e entregou-lhe um fornido embrulho, que ele guardou, compenetrado, em seus peçuelos.

– Vamos – disse o homem.

A fronteira, o rio, caminhada de uma hora quando muito. Não era longe, mas à noite e com mato pela frente nem sempre dava de apurar o passo.

– Vê a lanterna.

O guri mexeu e remexeu no seu carregamento, entreparou.

– Ai, tio...
– Que foi?
– Me esqueci da lanterna lá no barco.
– De novo? Que é que tu tem dentro desse teu bestunto?

O guri tornou a procurar, agitado.

– Me esqueci mesmo...
– Mas eu não – disse o homem, chumbando-lhe o facho de luz nos olhos.
– Puta merda – reagiu o piá, muito arreliado, e já foi boleando os peçuelos no chão. – Pronto, não carrego mais essa porcaria.

– Carrego eu – disse o homem, divertido. – Toca, chega de conversa fiada.

No fim da rua, ao cruzarem pelo rancho que no começo da noite era um luzeiro, o homem se persignou e cutucou o guri, que o imitou. A noite madrugava num silêncio frágil, quebrado de longe em longe por mugidos de algum touro inquieto, relinchos de potros, guinchos de corujas, notícias do mundo agreste e invisível que eles agora teriam de atravessar.

TRAVESSIA

Foi de propósito que Tio Joca escolheu aquele dia. De madrugada já fazia jeito de chuva no céu de Itaqui e sentia-se no ar aquele inchume, prenúncio de que um toró ia desabar a qualquer hora. Por toda a manhã o ar esteve assim, morno, abafadiço. Antes do meio-dia o tio se resolveu, embarcamos na chalana e cruzamos o rio.

O rancho de André Vicente ficava no meio de um matinho, perto do rio, lá chegamos por volta da uma. Dona Zaira, desprevenida, preparou às pressas um carreteiro com milho verde. Para rebater, André Vicente abriu um garrafão de vinho feito em casa, gostosura tamanha que até a mim me deram de beber quarto de caneca. Tio Joca bebeu meio garrafão e, como sempre, contou velhas e belas histórias de lutas de chibeiros contra os fuzileiros do Brasil.

Após a sesta fui à vila comprar pão, salame, queijo, o tio já saíra com André Vicente para buscar as encomendas.

Dona Zaira arrumou o farnel numa velha pasta de colégio e fomos nos sentar na varanda para esperar os homens, ela costurando, eu ouvindo a charla dela. A mulher de André Vicente gostava de me dar confiança porque no tenía hijos. Não era a primeira vez que me convidava para morar com ela no Alvear.

Os homens voltaram à noite numa carroça com tolda de lona, puxada por um burro, na boléia um baixinho de lenço no pescoço que atendia por Carlito. As encomendas eram tantas que fiquei receoso de que a chalana não flutuasse.

Tio Joca consultou Dona Zaira:

– Então, comadre, vem água ou não vem?

Ela disse que durante a tarde tinha erguido vela a Santa Rita e São Cristóvão, na intenção de um chaparrón, o tio retrucou que naquela altura, nove da noite, os santos já não resolviam e carecia negociar mais alto. Os homens deram risada e começaram a descarregar. Também tinham trazido um cesto de peixe.

O tio estava disposto a esperar até a madrugada do outro dia, mas, perto da meia-noite, uma brisa começou a soprar, em seguida virou vento e o vento ventania. De repente parou, como param os cavalos, com os músculos tensos, na linha do partidor. Veio então o primeiro relâmpago, tão forte que parecia ter rachado o rancho ao meio. A ventania recomeçou e logo o primeiro galope do aguaceiro repicou no zinco do telhado.

Tio Joca festejou a chuvarada com uma caneca que passou de mão em mão e disse a Dona Zaira que ali estava o comprovante: nos santos não dava de confiar, não mandavam nada, nos arreglos mais piçudos era preciso tratar direto com o patrão.

 André Vicente e Carlito ajudaram a carregar a chalana. A ribanceira era um sabão e ainda era preciso cuidar para não dar água nos embrulhos.

 Logo depois da partida de Alvear, Tio Joca mostrou uma pequenina luz vermelha que piscava no outro lado, na margem brasileira.

— Me avisa se ela se mexer.

 Era o lanchão dos fuzileiros, que o tio chamava "bote dos maricas", por causa do boné com rabinho da corporação.

No canto da proa desfiz o farnel.

— Come também, tio?

— Mais adiante.

 É que bracejava com os remos, a chalana ia e vinha sacudida pelas espumantes marolas. Com as chuvas da outra semana o Uruguai tinha pulado fora de seu leito, e além da forte correnteza havia redemoinhos pelo meio do rio, daqueles que podem engolir uma chalana com seu remador.

 A chuva continuava forte, chicoteando a cara da gente e varando a gola do capote. Tio Joca deu um assobio.

— A encomenda tá molhando, filho.

 Desdobrei uma segunda lona. Me movia com dificuldade entre os pacotes e o cesto de peixe.

— Nada?

— Nada, tio.

— Parece que tudo vai bem.

Uma corrente mais forte botou a chalana de lado. Tio Joca se arreliou:

— Eta, rio de bosta!

Ele continuava preocupado e não era por nada. Estávamos precisados de que tudo desse certo. Fim de ano, véspera de Natal, uma boa travessia, naquela altura, ia garantir o sustento até janeiro.

— Tio — chamei, assustado —, a luz se apagou.

— Se apagou?

Voltou-se, ladeou o corpo, por pouco a chalana não emborca.

— Ah, guri, não vê que é uma chata passando em frente?

Agora eu via a silhueta da chata, ouvia o ronco do motor. Em seguida a luz reapareceu. Acima dela, na névoa, dessoravam as luzes de Itaqui.

— Esse cagaço até que me deu fome.

— Tem queijo e salame.

— Me dá.

Mas estava escrito: aquela travessia se complicava. A chuva foi arrefecendo e parou quando já alcançávamos o meio do rio. Tio Joca nada disse, mas eu adivinhava o desencanto entortando a boca dele. Para completar, olhei outra vez para a margem brasileira e outra vez não avistei a luz.

— Vai passando outra chata, tio.

— Ué, de novo?

Recolheu um remo, o outro n'água a manter o rumo.

— Não tem chata nenhuma.

Mas o farolete do lanchão não reapareceu.

– Agora essa! Não querem gastar a bateria esses malandros?

Cambou a chalana a favor da correnteza, mudando o ponto do desembarque.

– Vê as botas de borracha, vai ter barro do outro lado.

– Falta muito, tio?

Não respondeu. Ainda lutava com a chalana e eu ouvia o sopro áspero de sua respiração.

– Tio?

– Quieto, eles vêm vindo.

Eu nada ouvia. Ouvia sim aquele som difuso e melancólico que vinha das barrancas do rio depois da chuva, canto de grilos, coaxar de rãs e o rumor do rio nas paredes de seu leito. Mas o tio estava à espreita, dir-se-ia que, além de ouvir, até cheirava.

– Mete a encomenda n'água.

Três ventiladores, uma dúzia de rádios, garrafas, cigarros, vidros de perfume e dezenas de cashmeres, nosso tesouro inteiro mergulhou no rio. O tio começou a assobiar uma velha milonga, logo abafada pelo ruído de um motor em marcha lenta. A poucos metros, a montante, um poderoso holofote se acendeu e nos pegou de cheio.

– Tio!

– Quieto, guri.

– Buenas – disse alguém atrás da luz. – Que é que temos por aí?

Sem esperar que mandassem, o tio atirou a ponta do cordame.

– Um rio medonho, doutor tenente.

Um fuzileiro recolheu a corda e prendeu-a no gradeado.

– Que é que temos por aí? – insistiu o tenente.

– Peixe, só uns cascudos para o caldo do guri que vem com fome.

O tenente se debruçou na grade.

– Peixe? Com o rio desse jeito?

– O doutor tenente entende de chibo e de chibeiros, de peixe entendo eu – disse Tio Joca, mostrando a peixalhada no cesto.

Alguém achou graça lá em cima.

– Bueno, venham daí, eu puxo essa chalana rio acima.

– Gracias – disse o tio. – Pula duma vez, guri.

O tenente me ajudou a subir e passou a mão na minha cabeça.

– Tão chico e já praticando, hein? Essa é a vida.

– Essa é a vida – repetiu Tio Joca.

Teso, imóvel, ele olhava para o rio, para a sombra densa do rio, os olhos deles brilhavam na meia-luz da popa e a gente chegava a desconfiar de que ele estava era chorando. Mas não, Tio Joca era um forte. Decerto apenas vigiava, na esteira de borbulhas, o trajeto da chalana vazia.

NOITE DE MATAR UM HOMEM

Faltava mais de hora para amanhecer e caminhávamos, Pacho e eu, como debaixo de imenso poncho úmido. Um pretume bárbaro e o rumo da picada se determinava mais no tato, pé atrás de pé, mato e mato e aquela ruideira misteriosa de estalos e cicios.

– Que estranho – disse Pacho –, às vezes escuto uma musiquinha.

– Decerto é o vento.

– Vem e vai, vem e vai. Também ouviu?

– Não, nada.

– Então é o bicho do ouvido.

Adiante, um lugar em que a picada parecia ter seu fim. Pacho acendeu a lanterna, apontando mais o chão do que o arvoredo. Na orla do facho, que alcançava o peito de um homem, rebrilhavam de umidade as folhas dos galhos baixos e atrás delas a sombra se tornava espessa, como impenetrável.

Não era o fim.

Era um minguado aberto onde o caminho se forqueava. No chão havia restos de esterco seco e a folhagem rasteira vingara em terra pisoteada. Pequenos galhos e a ramaria de última brotação quase fechavam as passagens. Uma era estreita e irregular e suja, aberta pelo gado: em janeiro, fevereiro, quando o sol abrasava os campos e bebia as aguadas, por ela havia de cruzar o bicharedo a caminho do rio. A outra, mais ancha e alta, desbravada pela mão do homem e rumbeando, quem sabe, até lenheiros ou algum pesqueiro. Por esta enveredamos, ladeando, de longe, o curso do Uruguai. O Mouro, pelas nossas contas, estava a menos de quarto de légua em frente.

– Tô ouvindo de novo.

– É o vento.

– Vento? Que vento? Parece um bandônio.

Um bandônio no mato! Se aquilo era noite de alguém ficar ao relento milongueando seus recuerdos...

– Escuta... ouviu?

– Nada.

– Ouve agora... não, agora não... parou.

– Bueno, seja o que for, não há de ser o Mouro.

Pacho concordou:

– A música dele é outra.

Vindo de Bagé ou Santiago, ninguém sabia ao certo, esse Nassico Feijó, a quem chamavam Mouro, fizera daquela costa seu rincão. Dado ao chibo como nós, ninguém lhe desfeiteava o afazer, mas, com o tempo, campos e matos da fronteira, por assim dizer, foram mermando, e já não era fácil repartir trabalho. Seguido Tio Joca dava com ele no meio de um negócio, e se o ganho era escasso ficava ainda menor. Ele também se prejudicava e por isso se tornou mais façanhudo, mais violento, tão atrevido que em Itaqui apareceu o nome dele no jornal. Era o que faltava para atiçar a lei. Em nossas casas, um lote de mei-águas cercanas do grande rio, volta e meia apeavam os montados atrás dele. E adiantava dizer que não morava ali? Que não era dos nossos? Reviravam tudo, carcheavam a la farta, e enquanto isso Dom Nassico no bem-bom. Ultimamente desviara um barco nosso que subia de Monte Caseros com uma carga de uísque e cigarro americano. Era demais. Tio Joca armou um cu-de-boi e todos estiveram de acordo em que o remédio era um só.

Mas a música dele era outra, dizia Pacho. E como um sapateador de chula* que deitasse o bastão n'água, o Mouro gavionava ora num lado e ora noutro do rio. Andejo sem alarde, costumava sumir depois de um salseiro. Libres, Alvear, Itaqui, Santo Tomé, de uma feita se soube que andava em Santana, doutra em Curuzu Cuatiá, como adivinhar que rumo tomaria? A pendência ia para três meses, por isso o alvoroço da vila quando um guri esmoleiro veio avisar que ele acampara a cinco horas de caminho, desarmado, solito e bem machucado. Os homens se apetrecharam, algariados, o mulherio se agarrou com a Virgem, mas o tio, que de tudo cuidava,

---

* Dança masculina do folclore gaúcho, que consiste em sapateados em torno de uma lança deitada ao chão. (N.E.)

amansou o pessoal. Nada de correria na beira do rio, nada de ajuntamento e vozearia, iam só dois e os demais se recolhiam no quieto.

Meia-noite e pico partíramos a pé, tomando estradas de tropas e contornando os bolichos do caminho. Quando as estradas se acabaram e a quietura do mundo apeou nos campos, deu para atalhar por dentro deles, varando alambrados, sangas, pedregais. De volta à costa, no mato, tivemos de achar a picada por onde o tipo se embrenhara, mas o mexerico do guri era miudinho: a duzentas braças da divisa do Eugênio Tourn com o Surreaux, perto do umbu velho arretirado do mato... E lá estávamos, já na segunda picada, debulhando pata num caminho que a cada metro se tornava mais estreito, com o corpo dolorido, as alpargatas encharcadas, tropicando como dois pilungos e encasquetados no sonho guapo de estrombar um taita. Não era assim que se aprendia? Não eram esses os causos que se contavam nos balcões, nos batizados, nos velórios?

Pacho ia na frente, o mato clareava um nada nas primeiras luzes da manhã quando ele se deteve. Assavam carne ali por perto e nos pusemos de quatro, meio de arrasto entre troncos e folhagens que margeavam a picada. Avançamos até avistar entre o arvoredo, a coisa de trinta metros, uma clareira chica, um braseiro, um espeto cravado na terra. E o Mouro estava ali, sentado, vá lambida na palha de um cigarro.

Pacho se imobilizou, e por trás, ajoelhado, destravei a arma e apoiei o cano no ombro dele. Dei um lento volteio com a mira para me afeiçoar ao clarão das brasas e prendi a respiração e não, não era palha o que levava à boca Dom Nassico, era uma gaitinha e já chegava até nós o larilalá da marquinha que ponteava. Então era ele! E quanto capricho, quanto queixume naquela melodia, às vezes quase morria numa nota aguda, como o último alento do mugido de um touro, e logo renascia tristonha e grave, como um cantochão de igreja. Parecia mentira que um puava como aquele pudesse assoprar tanto sentimento, e o mato em volta, com seu silêncio enganador, alçava a musiquinha como o seu mais novo mistério.

– Atira – gemeu Pacho, como se lhe apertassem a garganta.

Sobre nossas cabeças explodiu a fuga de um pombão, sacudindo a folharada. A música cessou. No rosto do Mouro, avermelhado pelas brasas e com manchas escuras, apenas os olhos se moveram. Um olhar arisco, intenso como o da coruja. Não podia nos ver, mas olhava diretamente para nós e era como se nos visse na planura de uma várzea.

Senti a mão de Pacho em meu pescoço, no ombro, no braço, e quase sem querer começamos a retroceder, a rastejar, abrindo caminho com os pés. Impossível que ele não tivesse ouvido. Mas não se movia. E o vigiávamos, e ele não se movia. Quando, finalmente, encontramos espaço para volver o corpo e pô-lo em pé, a claridade da manhã já esverdeava as folhas e dava o contorno dos galhos mais roliços. Retomamos o caminho a passo acelerado e com a sensação de que o mato nos mangueava pelas costas.

– E Tio Joca? Que é que a gente vai dizer?

Pacho não respondeu. A uma distância que nos pareceu segura, abrandamos a marcha. Avistamos a confusa abertura da primeira picada e cruzamos por ela, quedando à escuta. Nada, só os rumores do matagal, murmúrios da vegetação amanhecida, seus bocejos minerais.

– Que é que a gente vai dizer pro tio? Que se achicou?

Pacho teimava em não falar. Estávamos parados e ele me olhou, desviou os olhos, ficou batendo de leve com a coronha da arma no chão.

– Pois pra mim, pro meu governo... – comecei, e emudeci ao perceber que nosso embaraço tinha testemunha, o Mouro encostado num tronco e nos olhando com olhos de curioso. Vê-lo de tão perto, cara a cara... que vaza para dar de taura, como os avoengos, e no entanto estávamos, Pacho e eu, petrificados.

– Quem são ustedes?

Trazia uma ferida aberta no queixo e o nó do lenço ensangüentado. No alto da testa havia outro lanho macanudo, entreverado de cabelo e sangue seco. A manta dobrada num dos ombros escondia seu braço esquerdo, mas o outro estava à vista, pendido e com a mão fechada.

– Quem são ustedes? – repetiu, no mesmo tom.

A mão fechada fez um curto movimento, rebrilhando nela um corisco de prata. Pacho atirou no susto, eu também, e o Mouro, lançado para trás, ficou preso no tronco por um retalho da nuca e nos olhava, esbugalhado, despejando sangue pelo rombo do pescoço. Um estremecimento, outro churrio de sangue, ele se sacudiu violentamente e desabou.

– Pacho – e veio um caldo à minha garganta.
Ele não me ouviu. Sentara-se no chão, abraçado na vinchester, e chorava como uma criança.

Vomitei e vomitei de novo e já vinha outra ânsia, como se minha alma quisesse expulsar do corpo não apenas a comida velha, os sucos, também aquela noite aporreada, malparida, e a história daquele homem que aos meus pés estrebuchava como um porco. Recuei, não podia desviar os olhos e fui-me afastando e me urinava e me sentia sujo e envelhecido e ainda pude ver, horrorizado, que aquela mão agora estava aberta e empalmava só a gaitinha.

Aquele Dom Nassico... que noite!

Quando começamos a voltar ia primando o sol de pico, mas só à tardinha, depois de muito rodopio e outros refolhos, pudemos chegar e entrar novamente em casa. Ninguém veio conversar conosco, fazer perguntas, apenas Tio Joca bateu à porta, noite alta e quando todos já dormiam. Nem entrou.

– Fizeram boa viagem?

Pacho, o pobre, dormia como deleriado, eu também me emborrachara e tinha tonturas, calafrios, quase não podia falar. E adiantava falar? Choramingar que entre el sueño y la verdad o trem da vida cobrava uma passagem mui salgada? Isso o meu tio, na idade dele, estava podre de saber.

— E o homem? – tornou, apreensivo.

— Nem fez mossa – pude responder, segurando-me na porta. – Se tem barco em Monte Caseros, pode mandar subir.

GUAPEAR COM FRANGOS

Quando o tropeiro Guido Sarasua morreu afogado, aquele López foi um dos que tresnoitaram o Ibicuí rio abaixo e rio acima, na obrigação de não deixar corpo de homem sem velório. Chovera demasiado nos primeiros dias de novembro, as águas se engaruparam nas areias, fazendo espalho nos baixios, corredeiras em grotões que davam voltas e iam alcançar mais adiante o rio, se entreverando nele com guascaços de espuma, marolas caborteiras e um rumor de tropa sob a terra. Desmerecendo o aconselho da razão, aventurara-se o Sarasua à louca travessia e agora jazia debaixo daquele aguaçal endemoniado, pasto e repasto num farrancho de traíras. Encontraram a canoa de borco, presa nos galhos de um salgueiro, e assim começou o resgate em que figuravam aquele López e mais certo Honorato pescador e mais um chacreiro e seu filho maior e outros que não vêm ao caso.

Dois dias se passaram com os homens lancheando o rio até a barra do Ibicuí e volvendo despacito, chuleando o corpo na corrente e naquele mar dentro do mato. Na manhã do terceiro dia, ao botar a lancha n'água, o filho do chacreiro avistou algo que parecia um tronco a resvalar na correnteza. "Olha o morto", gritou o guri. Estavam perto do remanso onde fora achado o bote. Decerto enredado, só agora Guido Sarasua se libertara de sua prisão de água e singrava para o rio maior, sereno, soerguido, solene com um buque de oceano.

Os homens laçaram o corpo e o trouxeram. Deitaram-no em lugar seco e foram reunir-se ao longe para decidir se enterravam ali mesmo – tal o estado em que se encontrava – ou levavam à família. Guido Sarasua, quase sentado em sua rigidez de morto velho, parecia querer ouvir a discussão de seu destino e fitar os homens com os buracos dos olhos comidos pelos peixes. O sol pegava de viés no seu costado e ele parecia mais inchado, mais verde, tão decomposto que o filho do chacreiro, a vinte braças, vomitou três vezes. Os mais velhos, não: já haviam laçado outros mortos naquelas e noutras águas, já não se achicavam no primeiro bafo da podridão. E foi por isso que, num acordo que lhes pareceu decente e respeitador, resolveram que o morto não podia ser entregue aos bichos sem os recomendos do padre e uma vela que alumiasse os repechos do céu.

Honorato lancheava o corpo até o aberto onde haviam arrinconado os cavalos, o chacreiro enviava um próprio à família, o guri ia ao povo cabrestear o padre, e assim foram repartindo os serviços, e assim, àquele López, tocou-lhe repontar o desinfeliz tropeiro, no último estirão de sua triste volta para casa.

De retorno ao paradouro dos cavalos, partiu cada qual com seu mandato e quedou-se solo o López com seu morto.

– Fodeu-se o viejo Sarasua – murmurou.

A faconaços, atacou um amarilho de bom porte e quitou dele uma forquilha, cuja ponta apresilhou no arreio de seu baio. Com um galho menor e o cordame que lhe emprestara o pescador, fechou e apequenou o triângulo das varas que iam de arrasto – zorra meio achambonada que, na circunstância, resultava ao contento. Perto, atropelado pelas moscas, o Sarasua apodrecia. López precisou trancar a respiração para erguer o corpo e sentá-lo na travessa da forquilha. Terminou de amarrá-lo e se afastou, pálido, suando frio na testa e nas mãos. Acendeu um cigarro, pela folharada no alto do arvoredo esteve um tempo a vigiar o vento, o preguiçoso vento de uma manhã que se anunciava luminosa e escaldante. Com o mato alagado, adiante a areia já secando, fofa, com a ressolana e o tranco de cortejo, a viagem ia pedir mais do que duas horas, razão bastante para acomodar seu rumo a contravento.

Partiu com o baio a passo, cruzando braços de rio, rasas lagoas, areais, o galharedo se enganchava no cordame e ele precisava desmontar, tocar no corpo, vez por outra erguê-lo, sacudi-lo. Nem deixara ainda os sítios inundados quando lhe escapou um gemido. Apeou-se, correu até um pequeno descampado e chegou já vomitando. Sentou-se por ali, arreliado consigo mesmo. Na sua lida diária, de tropeadas secretas que varavam alambrados, de furtivas travessias do grande rio que corria em cima da fronteira, na sua lida de partilhas, miséria, punhaladas e panos ensangüentados, via a morte e a corrupção do corpo como outro mal qualquer, como os estancieiros, a polícia, fuzileiros e fiscais de mato, não podia aceitar que numa viagem de paz viesse a ter enjôos de chininha prenha. E cismava e se demorava na clareira, fumava outro cigarro quando um relincho esquisito do baio e um ruído arrastado e outro relincho o despertaram daquelas sombrias ruminações. Correu de facão em punho e aos gritos espantou o tatu que fuçava nos restos do tropeiro. Sempre chegou tarde. Feroz arranhador de caixões nos cemitérios campeiros, o rabo-mole não poupara o Sarasua, saqueando pedaços do ventre, alguma carne do pescoço, e da sobra cuidava o mosqueiro.

López montou de um salto e tocou o baio quase a trote pelo caminho que escolhera entre o matagal, contrariando o ventinho molengão. Não se animava a olhar para trás, não queria ver o corpo dilacerado e também achava que, olhando, ia padecer demais a danação daquele cheiro. Agora reinava o sol de pico, o arvoredo sombreando curto e o baio assoleado a tropicar. López fumava sem parar para trampear o olfato, tentava distrair-se com pensamentos pueris e no meio deles se intrometiam odores de mornura adocicada. E ele voltava a pensar, a perguntar-se, logo ele, que não tinha o costumbre malo de se quedar cismando, imaginando coisas, como os doutores, os preguiçosos e os jacarés.

De sua inquietude participava o cavalo, sempre a cabecear, trocar orelhas, de quando em quando um nitrido baixo, ameaçador. Outros tatus? Algum graxaim faminto na retaguarda do cortejo? López sujeitou o cavalo, ouviu o rebuliço de pequenos animais pela ramaria. Desmontou, viu que o Sarasua, depois do papa-defunto ou de outros bichos cujo assédio lhe escapara, trazia uma cova na barriga e parte do costilhar já bem exposta. Outra golfada de vômito e, sentindo que perdia a visão e o equilíbrio, afastou-se com passos trôpegos, foi parar lá longe num montículo de areia onde despontava uma sina-sina. Lá o vento favorecia e não sentia cheiro algum, de lá podia ver o baio, o corpo, vigiar e proteger sua carga. Tirou a camisa, enxugou o suor que lhe escorria pela testa e lhe salgava os olhos. O mato era um grande forno verde e a areia já queimava no contato com a pele. López via o baio com as virilhas encharcadas, abanando em desespero a comprida cola para espantar a mutucagem, e figurou que naquela altura, sem ser movimentado, o corpo de Guido Sarasua estaria coberto de centenas, milhares de grandes e médias e pequenas moscas. Pensou em desatrelar o cavalo e partir a galope, emborrachar-se no primeiro bolicho do caminho. Mas não, não ia fazer esse papel de maula. Era um pobre-diabo como todos os tropeiros, chibeiros, pescadores e ladrões de gado daquela fronteira triste, mas jamais faltara à palavra empenhada. Prometera levar o corpo e trataria de levá-lo, ainda que tivesse de vomitar o próprio bucho. Ou de guapear com os bichos. Sim, porque vira uma sombra na areia. No céu, um corvo espreitava o cadáver de Guido Sarasua.

    López quis levantar-se, suas pernas vacilaram, e ao menor movimento o estômago se embrulhava. Firmou a vista na direção da carga, o baio abanava a cola, pateava. Passou um segundo corvo em vôo rasante, sumiu atrás das árvores, e era este o batedor mais avançado, o outro permanecia dando voltas, agora mais baixas e menores. López pegou o revólver. Quando o batedor reapareceu ele fez pontaria, ia atirar, perdeu-o atrás do arvoredo. Quedou-se imóvel, cuidando, o baio outra vez se arreliava, deu dois nitridos curtos, raivosos. López ergueu-se, sentiu uma tonteira, uma zumbeira no ouvido, começou a andar e andava mais depressa e prendia a respiração, chegou quase correndo e montou mal, precisou se pendurar nas crinas para pôr-se às direitas no arreio.

    O sol do meio-dia abrasava-lhe o pescoço, os ombros nus. López cavalgava com a camisa no nariz e ansiava outra vez por vomitar. Viu de longe, no campo, duas arvorezinhas gêmeas, e disse consigo que não vomitaria antes de alcançá-las. Trezentos metros, quatrocentos talvez, o baio avançava com dificuldade, enterrando as patas na areia, e López ouvia o zumbido infernal como pendurado ao pé da orelha. Que restaria de Guido Sarasua? E restaria alguma coisa para encaixotar debaixo de uma vela? Voltou-se de viés, como para espiar antes de ver. E viu que o bicharedo tinha lidado a capricho enquanto estivera a tomar um alce debaixo da sina-sina. Guido Sarasua era agora um par de pernas despedaçadas, um grande buraco negro das costelas para baixo, e ali se moviam, uns sobre os outros, em camadas, moscas, formigas, vermes e uma profusão de insetos. López saltou do cavalo e abancou-se a dar de camisa no que sobrava do tropeiro. E gritava e voltava a guasquear o corpo, as moscas esvoaçavam em torno de seus pés, de sua cabeça, batendo em seus ouvidos e seu rosto. Alucinado, puxou o revólver, disparou a esmo e o tiro como o despertou. Pálido, boca aberta, começou a recuar, caiu, levantou-se, tornou a recuar, cambaleando, o vômito lhe saía quase sem esforço, descendo pelo queixo, pelo peito. Recuou até sentir que não podia recuar mais, que suas forças se esvaíam, e então caiu, sentindo a areia a arder e a grudar nas costas nuas.

 O imenso céu azul ao redor, que via através de uma teia de fibrilações, e novas sombras que lhe cruzavam por cima. Moveu a cabeça e avistou, não longe, aboletado num galho rasteiro e como se soubesse não ter adversários, um enorme corvo negro. Laboriosamente, ofegando, pôs-se de bruços. Apoiou os cotovelos na areia, apertou o revólver com as duas mãos e disparou. A ave tombou, recompôs-se, deu um salto e caiu novamente, a cabeça entre as patas e as compridas asas a bater. López suspirou, deitou a cabeça no braço, seu corpo arqueou-se para um inesperado vômito, mas nada mais havia para vomitar e de suas entranhas brotou um ruído metálico. E uma vertigem que não se acabava. E calafrios. Pensou que precisava erguer-se e o corpo negaceava, os olhos já não se abriam e a cabeça teimava em passarinhar idéias.

Fez ainda um supremo esforço, mas os pensamentos se enredavam, fugiam, e antes do desmaio ouviu confusamente, como dentro da cabeça, um relincho feroz, um fragor de patas, e depois não ouviu mais nada.

Por menos de hora esteve aquele López como ausente do mundo, mas ao despertar teve a impressão de que se haviam passado dias, semanas, talvez anos. Deu fé, primeiro, de seu peito ardido. Em seguida, a memória de um cheiro, a memória de um medo e outras memórias e outros medos. Levou a mão à cintura, e não encontrando o revólver pensou-se desamparado, perdido. Tateou a guaiaca, os flancos do corpo, localizou-o no chão a dois palmos do nariz. Pegou a arma e, lentamente, como se vigiado por mil olhos, ergueu o rosto e espiou ao derredor. Longe, além das arvorezinhas gêmeas, lá estava o baio tranqüilo a pastar. Mantinha a forquilha pendurada, mas do corpo nem sinal. López lembrou-se do galope que ouvira e pôde reconstituir a cena: o cavalo disparando, a forquilha aos solavancos, o corpo de Guido Sarasua sendo projetado e volcando no chão. Com preocupação crescente seu olhar transferiu-se do campo para o fim do mato, entre as areias. Nada viu, mas ouviu um rumorejar, algo entre o murmúrio e o espanejar de sedas. Custou a identificá-lo, embora habituado àquela espécie de retouço, tipo bando de china em festo. Era o banquete. López sentou-se, apertando os lábios. De seus olhos saltaram grossas lágrimas que correram junto do nariz e hesitaram na saliência dos lábios, perlando. Passou por ali a língua seca, como a revitalizar-se em seu próprio sen-

75

timento. Levantou-se, por fim, descortinando a cercania. No fim do mato, uma dúzia de aves disputava postas de carne escura e ele partiu para lá, cambaleando, o revólver preso nas duas mãos. Alguns corvos se abalançaram naquele grotesco galope com que alçam vôo, os outros ainda se atracavam na carniça quando ele começou a atirar. Quatro disparos compassados, quatro balas perdidas, e as aves se alçaram todas numa súbita revoada de asas e crocitos. Todas menos uma, aquele carniceiro que tentou voar e, de tão pesado, se escarranchou numa ramada. López aproximou-se com surpreendente rapidez e o agarrou. Quis matá-lo pelo bico, esgarçando-o, o corvo se debatia e as garras vinham ferir seus braços, seu peito e até seu rosto. Tomou do pescoço, então, para quebrá-lo, e ao sentir numa só mão o peso inteiro, fraquejou e o bicho escapuliu, meteu-se na mesma ramada onde pouco antes tombara. López fitou-o, fitou o bando que, no céu, persistia em cercana e aplicada vigilância. E eram já mais numerosos, e já vinham outros voando baixo, e outros apareciam pousados em galhos bem próximos, silenciosos, pacientes. O cerco se fechava, e López, por caminhos tortuosos de seu pensamento, logrou suspeitar que os bichos tinham vencido. Procurou a camisa, vestiu-a, deu uma espiada no corvo que, sorrateiro, tentava mudar de ramada. Não, não se considerava derrotado ou covarde. Era a lei, pensava, e pelear com aqueles frangos negros não ia mudar coisa alguma. E era a mesma lei que reinava em sua vida e na vida de seus conhecidos. Todo mundo se ajudava, claro, mas quando alguém morria os outros iam chegando para a partilha dos deixados. Peixes, moscas, tatus, ratos, aves carniceiras comiam o bucho, as coxas e os bagos de Guido Sarasua. Os companheiros levavam do morto uma cadeira, uma bacia, um par de alpargatas pouco usadas, um ficava com a cama, outro com a mulher, e a miuçalha, como a ossada de uma carniça, ia se extraviando ao deus-dará. De que adiantava guapear com os bichos? Aproximou-se do corpo estraçalhado. De Guido Sarasua ainda sobravam algumas carnes, protegidas pelas costelas e outros ossos maiores – o bastante para um bando de urubus famintos. Desembainhou o facão.

– Me desculpa, índio velho.

E como quem parte uma acha de lenha, curvou-se sobre o Sarasua e abriu-lhe o osso do peito ao meio.

A VOZ DO CORAÇÃO

No cair da tarde o rio ainda estava longe e se desdobrava antes dele uma lhanura, receava eu por ela e receavam também meus dois comparsas. Meia légua de pasto grosso, à vista do posteiro da divisa. Cruzar ou não cruzar. E o que se havia de fazer, se atrás vinha o bando numa alopração?

— Não sei, não — este era Pacho. — E se a gente esperar que anoiteça?

— Sou desse acordo — disse o outro, Maidana.

Eu não. Estava seguro de que tão longa espera atossicava o faro dos cachorros. E avisei: não ia ficar nem um minuto mais naquele capão em que, acossados, buscáramos refúgio. Era sair de pronto ao descampado, numa corrida até o Inhanduí*, ou o Gordo ia fazer de nós uma saudade.

---

* Afluente da margem esquerda do rio Ibirapuitã, no município de Alegrete. (N.E.)

Pacho olhava para o céu de modo estúpido.
– E então – insisti.
– Mais um nada e a noite fecha – disse Maidana.
Não muito longe, o alarido dos cachorros. Gordo e seus homens deviam andar pelas três restingas que recém cruzáramos. Coisa de dez minutos, se tanto, a cuscada vinha zebuar no garrão da gente.
– Vou indo – eu disse.
Pacho se decidiu:
– Vou também.
– Me quedo – disse o outro.
Maidana achava que passariam ao largo, perdido o rastro no restingal de nossa retaguarda. Era duvidar demais do focinho de um jaguara. E não adiantou pedir, nem implorar, nem declarar que, ficando, já era rato de xilindró ou coisa pior, com mulher e gente miúda miseriando a la cria. Fincou pé e o bando quase ali, já se ouviam o xaraxaxá da folharada, vozes, se vinham mesmo e só o pobre Maidana, por maturrengo, carecia de fé no seu mau fim.

Orlando Faria, o Gordo, era estancieiro de conceito no distrito, meio prefeito, meio delegado e meio uma porção de coisas que ele mesmo se nomeava e ninguém dizia que não. Herdara da família um campinho de pouca bosta que logo começara a inchar. Emprestando a juro, amedrontando, escorraçando, abocanhara uma província ao arredor. Isso sem falar no que fizera ao João Fagundes. Por escassas quarenta braças que estorvavam um caminho, mandara estropiar o pobre velho. Solito no rancho, sem poder andar, morrera à míngua. Na beira do Inhanduí havia uma cruz de pau, diziam que ali fora enterrado o velho. Diziam também que era ele a alma penada que, nas noites de vento, aparecia nos galpões, montada num petiço lunarejo, a mendigar uma tigela de pirão. Ninguém duvidava. Eram tantos os defuntos atribuídos ao Gordo, impossível que pelo menos um não errasse a porteira do céu e cá ficasse a penar sua aflição.

Maidana era novato nas costumeiras do Gordo, e o bando afretado ele nem conhecia: ralé endemoniada, sem coração, que por casa e comida perdia o respeito até pelos parentes. Não se pareciam conosco, isso não. Gentio sem quimeras. E eram eles que a gente trazia desde a tarde com o bafo no cangote.

Partimos silenciosos, Pacho e eu. Às vezes parávamos para escutar os ruídos do mato ou buscar orientação – semanas antes passáramos por ali com uma carga macanuda de penas de avestruz. Já escurecia quando avistamos o fim do mato. Apressamos o passo, meio a trote entre o arvoredo esparso, e naquela ânsia de avançar um mau sucesso: me espetei num galho cortado. No flanco, no sovaco, e que pontaço.

– Quieto – rosnou Pacho, ao ouvir meu gemido.

Em frente, a lhanura. Longe, o rio, a divisa, e lá também, vigiando o descampado, o posteiro do Gordo.

– E foi!

Tiro de meia légua? Dava mais, e se era campo aberto também era pedregoso, mosqueado de cupim e tacuru e cova de touro, impossível bandeá-lo às carreiras sem trompar de pé e encalacrar o peito de seixinho miúdo e estrumeira. Mas ninguém nos viu e ao rio chegamos ressolhados, quase sem poder falar. Vadeamos com água ao peito, acima da cabeça a munição e a armaria.

– Bueno... – Pacho ofegava, satisfeito.

Procurava um lugar seco atrás do barranco, ia se deitar, mas eu ia me boleando de qualquer jeito, exausto, perdendo sangue, só agora notava que trazia uma lasca de pau no costilhar.

– Me feri – eu disse. – Tô mal.

Ele se aproximou.

– Onde é que é?

– Aqui.

Tocou na lasca.

– É curta.

– Cuidado, pode causar dano.

Arrancou-a com puxão, meu grito sufocando na mão dele em concha.

– Pronto, pronto, já se foi.

Tirou a camisa, nela trabalhou com a faca e preparou uma bandagem ao contento, tão apertada quanto dava sem rasgar. Me acomodou no chão, jeitoso como um tio.

– Quer um cigarrinho, mano? – disse ele, deitando-se ao lado.

– Daquele ou do outro?

– Do que faz sonhar. Te quitará el dolor.

– E tem?

— Sempre sobra algum farelo.

Calados, pensativos, o olhar perdido no teto do mundo, era bom e a gente se distraía naquela volteada de alturas. Surgiam as primeiras estrelinhas, chinocas arrepiadas, friorentas, como se a patroa lhes tivesse puxado o cobertor: "Meninas, tá na hora de alumiar os pajonais, os banhados e os trevais". Nuvenzinhas nesguentas pareciam imóveis, só olhando firme que se via a destreza com que cambiavam o fugaz contorno e depois fugiam, com aquela lua leprosa dando de foice atrás. A noite era fachuda, pena que o sonho muito cedo se acabou.

Lá no longe, no capão, um tiro de revólver. Sem se mover, Pacho murmurou:

— Se vieram.

Outro tiro, em seguida vários tiros que pareciam de vinchester. E os ganidos dos cachorros. E risos, gritos, assobios.

— Era uma vez o Maidana — disse ele.

Depois, só o silêncio, que parecia crescer como cresce um som. E naquele silêncio inchado, doloroso, que trazia no seu ventre um cadáver, dava uma vontade de chorar, de sair gritando, de matar também. Que falta iam fazer ao Gordo um que outro avestruz, meia dúzia de nútrias e uns poucos capinchos? Pobre Maidana, a família esperando e ele morrendo ali, a tiro e dentada de cachorro, como morria qualquer zorrilho.

Retomamos o caminho e me sentia tão enfraquecido que Pacho precisou me agarrar pela cintura. Saímos aos tropeços, tendendo para o caponal que ladeava o rio.

Pouco adiante vimos a cruz do João Fagundes. Pacho se persignou e me fez passar depressa ao largo. Que horas seriam? Umas nove, talvez dez. E andávamos agora mais devagar, sem fazer bulha, foi um susto quando chegou até nós o repique de um galope. Pacho se deteve. Me fez sentar e foi-se a rastejar, como um lagarto. Num minuto estava de volta.

– Tá do outro lado.
– Então é deles.
– Olha, veio se apear ali.

Agora eu avistava o homem, o vulto dele e a pesada sombra do cavalo, na outra margem do Inhanduí. Havia desmontado e punha-se de joelhos para beber água.

– É o posteiro – eu disse. – Vai lá e acerta as contas.

E era preciso. Naquele cu do mundo, o que podia fazer um desgraçado senão ouvir a voz do coração? Alguém tinha de pagar e não só pelo Maidana. Também pela mulher que ia cair na vida, também pelo filho que, não morrendo pesteado, ia ser ladrão que nem a gente.

Pacho era um valente, mas naquela vaza se arrenegou.

– Vamos embora – disse, muito agitado.
– Primeiro as contas.
– Vamos embora – e sua voz tremia. – Do homem não vi a feição, mas do cavalo eu juro: é o petiço lunarejo, que Deus me livre e guarde.

No outro lado, o homem já estava em pé, de costas, e apertava os arreios do cavalo.

– Assombração não bebe água – eu disse.

Era preferível uma faca penteando o nervo do pescoço. Mas eu, com aquele estropício nas costelas, se fosse não voltava. Sentado, ergui o revólver, apoiando-o no joelho. Mirei no meio das costas, e ao tiro seguiu-se um bater de asas, uma correria de capincho no mato e o eco se esganiçando em canhadas e barrancas daquele rio amargo.

O homem caiu de bruços entre as patas do cavalo.

– Me mataram – gritou. – Hijo de la gran puta, me mataram!

Como dois bichos, andando de quatro, nos metemos no mato e íamos ouvindo, cada vez mais espaçados, distantes, os gritos do moribundo. De repente um relincho atravessou a noite, e outro, e mais outro, e de repente não se ouviu mais nada. Caminhávamos.

O VÔO DA GARÇA-PEQUENA

Pela segunda vez cruzava o rio naquele dia. Durante a madrugada carregara sete bolsas de farinha na margem correntina e viera entregá-las a um padeiro de Itaqui, numa prainha águas abaixo da cidade. Agora ia buscar mais sete. Serviço duro, mas López estava satisfeito. Por toda a semana estivera cheio, duas cargas por dia, e tinha a promessa de mais trinta se o fornecimento não se interrompesse.

No outro lado, amarrou a chalana no salso que era já seu ancoradouro. Agarrou o pelego que forrava o banco e saltou para a terra, pensando que em seguidinha ia ferrar no sono e descontar a noite maldormida. Mas às vezes dá nisso: um deita, tem sono e não dorme. O rio macio e suspiroso, o cheiro do barro, o verde úmido e o silêncio soltando o pensamento...

Atravessou a faixa de mato pela estreita picada que ele mesmo, dias antes, aviventara a facão, foi dar na estradita vicinal onde mais tarde viria descarregar o Fargo do farinheiro correntino. Os quilombos do Alvear ainda estavam fechados, mas era certo que num deles podia entrar a qualquer hora e até já havia entrado um ror de vezes. Com a vieja Cocona eu me entendo. Menos de légua costa acima, depois de um banhadal e antes da primeira rua da vila, ficava o La Garza. López entrou por trás, pela cozinha, Cocona fazia pão e ele pronto ficou sabendo que o chinerio tinha saído às compras, só volvia à noitinha. Tomou uns mates com a velha, desacorçoado, já pensava em ir-se quando chegou da vila alguém que ele desconhecia. Era uma mulherinha minga, delgada, figurinha que a natureza regateara em tamanho mas caprichara no desenho. Trazia uma sacola no ombro. Cumprimentou e passou ao corredor dos quartos. López, que dizia qualquer coisa à velha, silenciou. Cocona fez roncar o mate e cabeceou para o corredor: aquela era nova na casa, Maria Rita, tinha sido mulher de um posteiro em Maçambará e o deixara para fazer a vida. Metida a idéias, mas no fundo boa pessoa. Não era certo que ficasse no La Garza, pois se dizia que o marido era violento e não se conformava.

– É um bibelô sem defeito – disse López. – Se ficar, enrica o plantel.

Pegou a cuia que a velha oferecia.

– Tá bonito isso – tornou, vendo Cocona cortar a massa em pedaços iguais e dando por cima dois talhos em cruz. – Se não demora, espero.

Hum, fez a velha, então não sabia que a pressa abatumava? López sorriu, quando eu era guri, ele disse, minha mãe fazia pão dia sim dia não. E como demorava, ele disse, no inverno era a noite inteira levedando. Contou que ela largava uma bolinha de massa num caneco d'água e ele ficava cuidando, aflito, pois só quando a bolinha subia o pão era enfornado.

— Às vezes sinto aquele cheiro. Pão de mãe não tem igual, verdade?

Sí, verdad, Cocona sentou-se e fez um gracejo malicioso por causa dos odores que ele dizia sentir. Em seguida Maria Rita apareceu, vestido mudado, chinelinhas. Cocona a chamou, vení chiquita e que aquele era López, o homem dos rádios. A moça o olhou com interesse, ah, o López, comentou que os aparelhos eram bons de fato e pegavam estações de outras cidades. Cocona acrescentou que um mimo como aquele em cada quarto era complemento muito chic e impressionava a freguesia, pois nem mulher de estancieiro tinha rádio de cabeceira, tinham quando muito, e na sala, aquelas velharias tipo caixa de maçã.

— Também quero um rádio — disse Maria Rita. — Quando é que o senhor vai de novo a Uruguaiana?

A velha interveio, Maria Rita não devia comprar rádio agora, sem saber se ia ficar na casa.

— Mas eu quero um pra mim, sempre quis. A senhora não precisa pagar, eu pago, é pra meu uso.

A velha tomou a cuia de volta. López, de olhos baixos, pensou que ia ficar até mais tarde no La Garza, já se afeiçoava à idéia de dar um galope naquela piguanchinha limpa e bem-feita, ainda não lonqueada por arranhão de barba e cabeceios do peludo.

87

— Mesmo que a menina não fique pode ter seu rádio.
— Y bueno — Cocona encolheu os ombros.
— Quanto custa um igual ao da Paraguaia? — quis saber a moça.

López deu o preço, incluindo a viagem e os pilas de sua comissão. Ela fez beicinho, o dinheiro não dava, como é caro e espiou Cocona, a velha chupava o amargo de olhos fechados.

— Com plata à mostra se pechincha — disse López. — O importante é que a menina possa adormecer com um chamamé ao pé do ouvido.

Ela sorriu, alegre.

— Então eu quero. Pra quando o senhor pode?
— Uns sete dias. Agora tô passando farinha, tenho compromisso, mas pra semana...

Cocona abriu os olhos. Meteu a mão no bolso do paletó de homem que usava, puxou um maço de dinheiro enrolado num lenço. Equilibrou a cuia no regaço e contou as notas com vagar, franzindo o cenho. Deu a López o equivalente à metade de seu preço.

— Un rojo como el de la Paragua — e como López resmungasse, cortou: — Ni un peso más.

Levantou-se, pegou a bengala atrás da porta e ia salir un rato, disse, já voltava. Disse também que sobrava meia tetera quente, mas que o casal decerto nem ia precisar de tanto. Olhou para López.

— Quedáte con la galleta de tu vieja.

López moveu-se, incomodado. Relanceou Maria Rita, a moça olhava para o chão.

– Vai querer um mate?
Ela fez que não.
– Não é do seu costume?
– É, sim, mas não quero.
Ele se serviu. Maria Rita ergueu-se, da porta viu Cocona afastar-se por uma trilha entre macegas.
– Onde é que ela vai?
– E eu sei? – disse López. – Fica embromando por aí, vá chá-de-língua. Às vezes visita Dom Horácio. O velho foi caso dela quando moço, dizem. Agora enviudou e ela vai lá, proseia, toma chimarrão, decerto ficam se toureando.
– O senhor tem caso com mulher daqui?
– Eu?
– Pergunto.
– Eu não tenho caso com ninguém, nem quero.
– É melhor assim, não ter nunca... não acha?
– Pois... isso depende, não?
– O senhor sabe que sou... que fui casada?
López fez um gesto vago.
– Pois é – tornou ela –, um caso antigo, de papel passado e tudo, e não deu certo. Me separei faz pouco e... – interrompeu-se, esfregou as mãos. – Ele me surrava, não me deixava conversar com ninguém.
López serviu-se novamente, muito sério.
– É a vida. E o mate, agora vai?
Ela voltou ao banquinho, cruzou as pernas.
– O senhor acha isso certo?
– Isso o quê?
– Surrar mulher.

— Pois, pra lhe dizer a verdade, até nem sei — disse ele, escolhendo as palavras. — Se é por traição, vá lá, mas surrar de graça...

— Também acho. Mulher, tendo um homem bom, é parceria pra tudo.

— Isso é — fez ele, sinceramente. — E a gente só dá valor na hora de se aliviar.

Ela desviou os olhos, López sorriu e fez roncar repetidas vezes o mate, em sorvinhos curtos.

— Eu, por exemplo, já vou pra mais de semana no seco, ombreando farinha, remando e dormindo. Isso dá nos nervos. Qualquer dia me atraco numa ovelha.

— Credo — ela riu.

— Mas é isso mesmo... Ano passado quase tive um caso, caso sério, seriíssimo — deu uma risada —, com a borrega de um chacreiro meu vizinho. Quando eu passava pela estrada e não boleava a perna, ela me perseguia do outro lado do fio, mé e mé e dá-lhe mé, de rabinho alçado.

— Que horror — tinha dentes bonitos, um deles meio empinadinho.

— Não quer mate mesmo?

— Quero.

— Tá meio lavado.

— Não faz mal.

López ofereceu a cuia, ela descruzou as pernas, sorriu de novo.

— Já ouvi falar — disse, num tom incerto — que mulher também faz outras coisas.

– Por supuesto – quis logo concordar. – Elas cozinham, remendam, plancham, dão cria, imagine o que ia ser da gente...

– Eu acho – cortou ela –, quer dizer, não é que eu ache, eu ouvi dizer que em Uruguaiana ou no Itaqui tem uma mulher doutora, trabalha no hospital.

– Mulher doutora? Virgem!

– Pois tem. Eu ouvi no rádio da Paraguaia, trabalha no hospital.

– Nunca ouvi falar. A toda hora ando no Itaqui, em Uruguaiana, e ninguém me contou isso.

– Pode ser em São Borja, não me lembro bem.

– E faz operação?

– Não sei, diz que trabalha no hospital.

– Bueno, decerto é ajudanta.

– Por isso quero o rádio – tornou ela, com os olhos muito abertos. – Com o rádio a gente fica sabendo do que acontece no mundo, em Porto Alegre, a gente pode ter idéias...

Pronto, pensou López, ali estava o que Cocona queria dizer, uma mulher de idéias. Com certeza era mais uma querendo virar homem, como a tal doutora de São Borja e uma outra que ele mesmo tinha visto, a professora da vila do Bororé fazendo um discurso. Mulher fazendo discurso, era só o que faltava. Ela suava no bigode. Meus correligionários, ela gritava, e suava no bigode. Um baixinho de boina retrucou que a dona precisava mesmo era de um pau-de-mijo para sossegar dos nervos.

Maria Rita ainda estava a falar de idéias, em saber ou não saber, mundo isso e mundo aquilo.

– A menina sabe que ando precisado e fica inventando novidades – disse ele.

Ela alisava o vestidinho na coxa, cabisbaixa.

– Que sei eu de mundo – continuou. – O mundo que eu sei é o rio aí, a farinha, Cocona, a freguesia, esse é o mundo. Aquilo que a gente enxerga, sente. Como isso aqui – e pôs a mão entre as pernas.

A moça empalideceu, levantou-se.

– Meu quarto é o segundo do corredor.

Quis erguer-se junto, mas uma súbita inquietude o prendeu no banco. Outro mate, um cigarro gustado com vagar, ele observava a correição das formigas na cozinha, o trotezito delas de um lado e outro, como desnorteadas, e seu pensamento vagueava igual, disperso, por vastidões que ele não reconhecia. Tentou livrar-se desses melindres com uma cuspida no chão, levantou-se, então um homem cumpridor já não tinha o direito de desentupir os grãos?

Maria Rita deixara a porta aberta e estava deitada na cama, sem o vestido. López entrou, fitou-a com um olhar sombrio. Viu no penteador um gatinho de louça, uma escova, um pente de osso, viu também o vestidinho na cadeira, dobrado, as chinelinhas juntas ao lado da cama. Tirou a campeira, desafivelou o cinto, sentindo que alguma coisa estava errada, torta, emborquilhada, alguma coisa que ele não sabia o que era... e decerto era aquilo que fazia com que sua cabeça quisesse a mulher e seu corpo o cristeasse, só formigasse em dormências. Sentou-se na cama, mudo, ela o fitava.

— Também não é assim — disse, por fim, com uma voz que lhe pareceu de outra pessoa.

— Assim como? Faz de conta que sou a sua borrega.

Ergueu as pernas e tirou a calça. Vendo-a nua, López sentiu um calor no rosto e pensou que agora mesmo ia bochar aquela mina bruaca, agarrar o pescoço dela e espremer até que pusesse para fora, pretinha, aquela língua do diabo. Salvou-a, ou salvou-o, a voz serena e boa com que ela o surpreendeu.

— Também acho que não é assim.

— Claro — disse ele, sem olhar. — Mulher não é que nem ovelha.

— Não quer deitar? — e arredou o corpo, gentil.

Ele se ergueu rapidamente.

— Não, gracias — e prendeu o cinto. — A mim me agradava por demais o seu favor, mas a prosa ia boa e o tempo foi passando... meu farinheiro há de estar no mato.

— Quem sabe tu te atrasa um pouco — e López notou que agora ela o tuteava.

— Outro dia, quando trouxer seu rádio.

Ela sentou-se, cobriu-se com o lençol.

— Tu vai mesmo me trazer o rádio? Não embrabeceu comigo?

— Ora, dona, quem tem que embrabecer é o boi, que é capado e tem guampa.

Ouviu os golpes da bengala de Cocona nas lajes da cozinha, vestiu a campeira. Tirou do bolso o dinheiro que a velha lhe dera e pôs em cima da mesinha, debaixo do castiçal. Ela seguia seus movimentos, mordendo o lábio.

– Não se preocupe. Numa semana boto nessa mesa um Philco vermelho de três ondas, mais tranchã que o da Paragua.

– O dinheiro – ela protestou.

López levou o braço, apertou-lhe a mão.

– Fica com a senhora, como um recuerdo meu.

Maria Rita o fitava intensamente, ele fez um cumprimento de cabeça e saiu. Ao passar pela cozinha despediu-se ligeiramente da velha e fez que não ouviu quando ela indagou se a galleta de Maria Rita também era cheirosa.

No caminho para o sítio onde deixara o barco, ia com pressa, forcejando para não pensar ou só pensando nas suas trinta cargas de farinha. À sua passagem, nos banhadais que espremiam a estradinha, debandava a bicharada: assustados dorminhocos, marrequinhas-piadeiras, tajãs gritões, maçaricos ligeiros, narcejas acrobáticas... e de um ninho de gravetos, na moita de um sarandi, alçou vôo a mais graciosa de todas as aves do banhado, a garça-pequena com seu véu de noiva, suas plumas alvíssimas, e voava longe, para o alto, e era o vôo mais tristonho e mais bonito. López talvez a tenha visto. Ou talvez não.

BUGIO AMARELO

Era uma noite fresca e com poucos mosquitos, céu estrelado e a velha lua espalhando por tudo seu clarão de leite. Noite de cismar ao relento e no umbral do sono escutar, como a sonhar, o vôo plumoso da coruja, a cantilena do rio, o rebate das chalanas amarradas. Dormir em sossego, despertar no levante do sol, com o ciscar madrugador das frangas e as lambidas dos cachorros... que outra vida podia um cristão encomendar ao taita lá no alto?

Satisfeito, estendi meu xergão sob os cinamomos, no quintal da casa de Amâncio. Era a segunda noite que ia dormir ali, confiado em que, como na primeira, ganharia a manhã com um sono só.

Amâncio subira o rio para fechar certo negócio e pedira que eu dormisse em seu pátio: com o bebê amoladinho, carecia ter alguém à mão para buscar o farmacêutico. Mas tudo corria bem. Na casa, Zélia e a criança pareciam dormir. Me deitei também, gozava os bem-estares dessa noite prendada quando ouvi um frufru macegoso no fundo do quintal. Virei a tempo de avistar uma sombra e me ergui de um salto. Quem lá estava se mostrou.

— Aqui é o Bagre, mano.

— Isso é modo de chegar em casa amiga?

Levou o dedo à boca.

— Fala baixo – e espichou o beiço para a casa: – Tem bugio no bananal do Amâncio.

— Quê? Não pode.

— Ué, então não vi o homem entrar?

Não era novo o disque-disque de que Zélia andava a pagar em natureza uma conta de leite ao pulpeiro. Duvidávamos, era sempre a Zélia, mulher do nosso Amâncio. E logo com quem, o alemão da pulperia. Aquele sim, não prestava. Bugio, Bugio Amarelo, assim era chamado por ser peludo de torso e dorso, um pêlo baio que de tão cerrado parecia uma doença. Carrasco da desgraça alheia e desavergonhado, roubava no quilo e na tabuada, corvoejava os precisados para castigar no juro e na hora do acerto não era nem parente. Ferro e fogo. De um jeito ou de outro o infeliz pagava, nem que fosse com os encantos da mulher.

— Isso vai ficar assim? – disse o Bagre.

Não podia ficar.

Amâncio fora a Monte Caseros comprar duzentas caixas de balas incendiárias, com venda certa para lavoureiros da região, por causa das caturras. Tipo de coisa que ninguém mais queria fazer, com medo da lei. Os tempos eram duros, os grandes lances iam rareando e a gente precisava se contentar com migalhas. Amâncio não, ele não se conformava. Eu figurava o compadre Uruguai acima, lancheando só à noite, comendo bóia fria e se carneando com os borrachudos, na tenção de mermar nosso miserê. E enquanto isso, a Zélia dele empernada com o alarife. Era muito cachorrismo.

Combinamos: Bagre gritaria "pega ladrão" e eu surpreenderia o Bugio dentro de casa. Se passasse por mim, toparia com o outro na porta da rua.

Entrei pela cozinha. Bagre lá fora começou a gritar, no quarto fez-se um rebuliço, vozes sussurradas, estalos de cama, sem demora pisadas no chão de tábuas. O Bugio não passou da porta. Dei-lhe um murro de soco inglês no entreolho, testavilhou, caiu sentado. Zélia, em pânico, suplicou lá do quarto: "Hans, não deixa que me matem", e aquilo o levou ao desespero. Ergueu-se e arremeteu às cegas, como um touro. Na passada me servi, bluf, bluf e bluf, na nuca e nas costas. Tentou me cabecear o estômago, peguei-lhe o meio da cara com um joelhaço e bati com as duas mãos cruzadas no pescoço, ele gemeu, se agarrou em mim e foi escorregando, quedou-se aos meus pés como aninhado. Gelei. Estava escuro e, cá comigo, pensei que tinha matado o homem. Tal foi o meu erro, hesitar, devia saber que o Bugio não era flor. Maneou-me a perna e me derrubou com um tironeio. Perdi-o de vista, e quando quis me levantar recebi uma pancada na boca. Caí de novo e o Bugio escapou, desabalado, pela porta da cozinha. Escapou de mim e, pelo rumo que escolheu, escaparia também do meu parceiro.

Me deixei ficar sentado, mareado, cuspindo sangue e pedaços de um dente. Zélia acendeu a luz do quarto, ouvia-lhe o nervoso cicio para o bebê. Em seguida passos, o vulto dela recortado na porta.

– Quem tá aí?

Não respondi. Ela começou a recuar, mas, corajosamente, deteve-se.

– Quem tá aí? – repetiu.

– Hans, não deixa que me matem – eu disse, afinando a voz.

Ela arredou uma cadeira tombada e ligou a luz.

– Tu!

Aproximou-se. Procurava dominar-se, dissimular a agitação febril com que buscava coisas a dizer, explicações a dar. Estava assustada, claro, mas, para além do susto, ganhava tempo e decidia-se. Me fitava, não dizia nada, e parecia mais bela do que o fora em qualquer dia que lhe tivessem gabado o frescor e o reconhecido encanto.

– Tu tá muito machucado?

– Tô bem – eu disse.

– Tem um dente quebrado.

– Sobram outros.

– E uma racha na boca.

– Cicatriza.

Já cumprira minha obrigação, podia me levantar e ir embora, por que não o fazia? Ah, aquele olhar de susto e fogo, aqueles beiços carnudos e molhados, a camisola com um rasgão no peito, seu garbo de égua xucra, recém-coberta pelo garanhão... eu me recriminava por tais pensamentos e, confuso, me perguntava por que invernadas obscuras da alma andaria perdida a minha lealdade.

— Tem mais gente que sabe?

— Não — menti.

Foi buscar um pano úmido e sentou-se ao meu lado, num banquinho. Já se decidira pelo tudo ou nada. Os joelhos no alto forçavam a roupa a se encolher, era por gosto que mostrava as pernas, a calcinha de tecido rude bem folgada. Limpava meus lábios e sem nenhuma cerimônia já pousava a outra mão no meu regaço.

— Quer que te faça uma salmoura?

— Não precisa.

Zélia sorria, levando fé na sua vitória. Abria tanto as pernas que lhe via os pêlos desbordando da calcinha.

— Pode olhar, eu deixo.

E começou a me acariciar.

— Amâncio é meu amigo — eu disse.

— Dessas coisas de marido e mulher tu não entende — disse ela. — Se tu é mesmo amigo dele, tu me come.

Com agilidade, abriu minha calça. Quieto, deixei que me sugasse. Queria pensar que aquela imobilidade sempre contava um ponto a meu favor. Mas não, nem com tal ponto podia contar. Enlouquecido, sem demora a derrubei no chão, esgarcei-lhe a calça e a galopei com tal sofreguidão que o gozo se me afigurou como um chupão na vida, quase desfaleço entre suas pernas.

Zélia ergueu-se, arranjou a camisola.

— E agora? — disse, num desafio.

Naquele momento mesmo resolvi que ia embora da cidade. Não por medo. Também não me sentia um traidor, mas, mal comparando, como o guasca que no meio da noite se defronta com um boitatá. Ia embora, sim, mas um dia voltava, e só voltava quando a vida me tivesse aberto outras cortinas de seus dolorosos mistérios.

Antes, porém, pedi ao Bagre que nada comentasse sobre Zélia e o Bugio. E esperei por Amâncio. Quando ele chegou, animado com o sucesso da viagem, dei-lhe um abraço demorado. Ele também se emocionou com minha partida, quase não acreditava, e ali começou meu aprendizado. Negociando meu silêncio, Zélia não deixava de ter sua razão: valia mais a felicidade de um homem do que um gesto de lealdade.

Depois parti.

Mas não deixei a cidade assim, como quem vai para outro mundo e lega aos amigos uma arroba de fracassos. Passei na pulperia para uma visita ao alemão. Entrei, pedi à freguesia que se arredasse. Cerquei-o num canto do balcão, ele com a faquinha de picar fumo, eu com meu soco inglês. Do que aconteceu não me arrependo, mas não quero recordar. Para saber, querendo, é perguntar aos antigos chalaneiros do rio, em Uruguaiana, em Itaqui, na Barra do Quaraí. É perguntar ao Bagre. Nem tanto pela verdade, que ele falseia um pouco, mais pelo floreio, ao qual não nego certo encanto. "Quando o Bugio chegou no céu...", começa ele.

ADEUS AOS PASSARINHOS

Como pode uma chalana freqüentar o mar? Deixar seu ancoradouro de água doce, descer a corrente e se perder no mar, a bordo um pobre homem que pouco sabe além do que lhe ensinou o rio e sua filosofia silvestre de pitangas. E de vez em quando, para agravar meu espanto, surge um menino que faz ilusionismo.

Uma chalana ao mar, uma criança que aparece e desaparece, uma ilha provisória, passarinhos... não parece uma conspiração?

Menos mal que o mar está sereno. Sereno esteve hoje, ontem, dá a impressão de ter estado sempre assim. As ondas são pequeninas e no ar há uma funda transparência. Imagino que de longe, no plano, ou lá das alturas, não seria difícil de ver-se a chalana, mas não se vê nenhum avião no céu, nenhum navio no mar. Eu podia até pensar que o mundo se acabou, mas, de um jeito ou de outro, o tempo vai passando, eu o sinto, o tempo é um estranho zunir dentro de mim e suspeito de que sem mim não zuniria.

Passa o tempo, isso é muito bom.

Passa o tempo e passará, fico me lembrando de que ontem brinquei de perseguir minha sombra e desembaracei uma mecha de cabelos. Hoje ficarei esquadrinhando, procurando no horizonte a terra, como se da terra esquadrinhasse o mar à procura de uma chalana como esta. Lembro-me de tudo e a lembrança me dá a certeza de que morto ao menos não estou: na morte não há memória.

Em certas tardes tenho a impressão de que nos aproximamos de alguma ilha ou continente. Pequenos ramos se balançam na flor d'água e passarinhos, imagine, passarinhos de terra invadem a chalana, vêm cansados, pousam, e aqui se deixam ficar com o pequenino peito arfando e o biquinho entreaberto. E aqui repousam. E de repente ouço um gorjeio e logo todos começam a trinar, a brincar alegremente e me divirto com a insistência deles em tirar sinais que tenho no pescoço ou tatu do meu nariz.

Não, não podem vir de longe esses bichinhos e fico imaginando de que lado enxergarei a terra. Faço cálculos com a posição do sol, com os pontos cardeais, faço uma confusão de números e desisto e me desespero e é então que avisto, no horizonte, uma fímbria gris que antes não estava lá. Fecho os olhos, me belisco, e quando os abro, ah, não sei se é uma terra de verdade ou mais uma crueldade do menino, mas meu coração se acelera e bate com tal força que fecho rapidamente a boca, com receio de que salte e se perca por aí.

É bom pensar que vejo a terra.

É bom pensar que estou voltando.

Meu coração dá sinal de vida, é a hora em que me visita a infame pessoazinha, tão parecida com a idéia que faço de mim mesmo em sua idade. Não se trata de uma semelhança física, é algo mais profundo que está como no ar entre nós dois ou dentro de nós dois. Não raro desconfio de que a criança sou eu mesmo, mas não quero pensar nisso. Se já não consigo compreender o que nos une, imagine como me sentiria se tivesse de decifrar mais coisas.

Vem do nada esse menino e não posso deixar de notar como é cheio de vida, quase um monstro se você o compara comigo, que aqui estou como se estivesse morto, a passarada fuçando em meu nariz.

Tento conversar. Peço-lhe que se vá de uma vez por todas ou permaneça para sempre, não fica nada bem para uma pessoa decente andar aparecendo e desaparecendo, como um mágico de circo. Dou-lhe conselhos. E quando penso que o tenho nas mãos, pergunto se pode me dizer quando chegaremos. Insisto em notícias do trajeto, quero saber de ventos, correntes, rotas de cargueiros. Explico que há um rio à nossa espera e que a chalana andará saudosa de seu ancoradouro. Ele nada diz e parece que se diverte com minha inquietude.

Ele até parece um deus.

Um deus ou um mágico, não sei. Faz aparecer uma pasta de colégio e me provoca com números inadmissíveis. Tira da pasta guabijus, ferraduras, gatinhos. Isso mesmo, gatinhos em pleno mar. Começo a me assombrar e ele se prevalece. Eis um par de remos e uma rede de pescar, quatro quilos de cascudo e um farnel com dois pãezinhos, goiabada, suco de maracujá. Advirto-o de que tais demonstrações não passam de uma farsa, ele apenas ri, sua magia é tão eficiente que ele faz aparecer todas as coisas em que estou pensando.

Até um perfume de pitangas.

Até mesmo um rio.

Meu coração, eu o sinto, começa a sangrar, e se ele mergulha outra vez o braço em sua pastinha, o braço volta em sangue. Ah, meu Deus, eu penso, ele faz parte da conspiração, não será seu principal mentor? Dou-lhe as costas e então ele suspira, funga, começa a chorar e chora tanto que sua camisinha fica com a gola bem molhada.

Me aproximo, quero tocar nele e não consigo. Não, não, eu grito, e não adianta mais gritar, ele desaparece em passes de sombra e luz.

O tempo passa e também os ramos se afundam, se perdem. Entre mar e céu se esconde a fímbria e até os passarinhos vão embora, eu os acompanho com o olhar, eles voando, voando, se sumindo. Adeus, adeus, até a vista, e volto a ficar sozinho com este mar imenso, este mar intenso que me cerca e me estrangula, uma corda de sal em meu pescoço. Como pode uma chalana freqüentar o mar? O tempo vai passando, o tempo vai zunindo, eu o sinto dentro de mim como um inseto.

SESMARIAS DO URUTAU MUGIDOR

O alambrado de três fios, eu no lado de cá esperando a resposta e o velho no de lá, os olhinhos de rato procurando no automóvel qualquer coisa que contrariasse a história do pneu. Perguntou se eu vinha de longe. Ah, Porto Alegre? E espichou o beiço mole. Teria preferido, talvez, que eu viesse de Alegrete ou de Uruguaiana, de Santana ou Quaraí, forasteiro mais a jeito de lindeiro, alguém para prosear sobre tempo e pasto e repartir o chimarrão.

– Bueno, vá passando – disse, de má vontade.

Seguimos por baixo de um arvoredo esparso de cinamomos e alguns ipês maltratados pela geada. A chuva havia parado, o vento não. Soprava forte ainda, sacudia aquelas álgidas ramadas e logo nos enredava numa tarrafa de respingos. Adiante, o rancho que eu vira da estrada, pequenino, tão frágil que era um milagre continuar em pé depois do temporal.

– É casa de pobre – disse o velho.

Telhado de zinco remendado, chão de terra, nas janelas um tipo de encaixe substituía a dobradiça e o vento se enfiava pelas frestas em afiados assobios. De duas peças dispunha. Na da frente, o mobiliário miserável, um jirau com uma velha sela e sobre ela, a dormitar, um casal de pombos. Na outra, tanto quanto eu via, uma lamparina projetando mais sombra do que luz.

Sentamos em cepos na frente do fogão, já bufava na chapa a panelinha e esquentava por trás a chaleira. O velho agarrou a cuia.

– Esses autos... quando mais precisa deixam o cristão a pé.

Experimentou o mate e o primeiro sorvo deitou fora, com uma sonora cuspida ao chão.

– E depois tá carregadito, não? Chibando pra Corrientes?

– São coisas pessoais, minha roupa, meus livros – respondi. – Estou de muda para Uruguaiana.

Assentiu, subitamente respeitoso.

– O senhor é doutor de lei?

A menção dos livros o perturbara, talvez confundisse advogados com cobradores de impostos, fiscais, guardas-aduaneiros. Tranqüilizei-o, não, eu não era nada disso, carregava livros porque gostava deles e gostava tanto que de vez em quando escrevia algum.

Apertou os olhos, interessado.

– É preciso uma cabeça e tanto. Aquele mundaréu de letrinha, uma agarrada na outra...

A tarde se adiantava lá fora. E dentro já escurecia, as brasas do fogão deitando uma curta claridade ao redor e aquecendo nossos pés. Ele tirou da orelha um palheiro pela metade.

— Quando eu era gurizote e trabalhava aí no Urutau — começou —, a filha mais nova do finado Querenciano...

Um ruído na outra peça o fez parar. Alguém espirrara, assoara o nariz, talvez, e ele se mexeu no cepo, inquieto. Apontou para a chaleira.

— Vá se servindo, vou buscar a lamparina.

Aproveitei a ausência dele para dar uma olhada na palma da mão. Durante a conversa a mantivera fechada, pulso sobre o joelho, para não causar outro transtorno ao velho, mas via agora que estivera a sangrar novamente.

Que dia!

Em viagem por toda a manhã e um pedaço da tarde, o desvio da estrada, a chuva torrencial, o pneu furado, o macaco escapando e me cortando a mão... eram aventuras demais para um velho Renault e seu desastrado condutor.

O velho pendurou a lamparina no jirau, os pombos se moveram e logo se aquietaram, juntinhos. Tirou dois pratos do armário, garfos, trouxe a panela para a mesa. Estava carrancudo outra vez.

— Gostaria de lavar as mãos.

Mostrou-me a bacia louçada, num tripé.

— Tenho um pequeno ferimento aqui na mão. É bom lavar.

— Ferimento?

— Foi com o macaco.

Aproximou-se.

— É, o macaquito lhe pegou de jeito.

Abriu o armário para revistar as prateleiras, puxou a gaveta da mesa e fechou-a com estrondo, parou debaixo do jirau.

— Não sei onde é que tá essa bosta.

— Que é que o senhor procura?

— A caixa, os remédios que a minha filha tem.

— Por favor, não quero incomodar.

Olhou-me longamente, era a primeira vez que o fazia.

— O senhor não incomoda — disse, com visível esforço.

Um pingo deu no zinco. A chuva ia voltar e o vento persistia, espanejando as paredes com raivosas rabanadas. Ao estalo dos primeiros pingos chegou até nós, de longe, um cacarejo solitário, de perto um bater de asas. Um relâmpago clareou a fresta da janela e o trovão parecia que ia despedaçar o rancho.

— Cumprimente a visita — mandou o velho.

Se não a chamasse por Maria, diria eu que era um rapaz. Cabelos curtos, calças de homem pelo tornozelo e uma camisa branca, suja, remangada, tão larga que não mostrava nem sinal dos seios, sim, diria exatamente isto, que era um rapaz se esforçando para parecer afeminado.

— Boa-noite — disse, num fio de voz.

— Faça um curativo na mão do moço.

Tomou posição à minha frente, tensa, empertigada, a caixinha de remédios no colo. Com água oxigenada e um chumaço de algodão começou a limpar a ferida. Suas mãos tremiam um pouco, mas trabalhavam a contento, devagar, tão delicadas quanto permitia o hábito de não o serem.

– Já não tá limpo isso?

– Ainda não, pai, até barro tem.

O velho se surpreendeu, como se esperasse outra resposta.

– A panela vai de novo pro fogo – anunciou, num resmungo.

Me olhava, me examinava, os olhinhos de rato em perseguição aos meus por onde eles andassem. Que pena, eu pensava, um pobre velho sozinho naquelas lonjuras, decerto sempre a recear que um valente daquelas ásperas estradas chegasse a galope e carregasse a chinoca Maria na sua garupa. Eu o compreendia, simpatizava com sua causa, mas nem por isso o contato daqueles dedos proibidos deixava de me deliciar, um pequeno prazer que me concedia naquele fim de tarde, transgressão não criminosa das leis da casa. A idéia era velhaca, me fez sorrir e olhei de novo para o velho. Ele ainda me observava e alguma coisa em mim o descansou. Porque me viu sorrir, talvez, apenas sorrir ao toque daquelas mãos de que tanto se enciumava. Pensou, talvez, no escritor que eu era, no homem de cabeça grande, um sujeito assim jamais fugiria com sua menina. Sorriu também e pegou no armário o terceiro prato de nossa janta.

Eu estava esfomeado, o velho loquaz.

– O moço aí é um escritor de livros – disse ele a Maria, sem disfarçar um estranho orgulho.

Maria comia em silêncio e ele acrescentou:

– Um doutor.
– Eu apenas escrevo histórias.
– Histórias? – repetiu, algo decepcionado. – Como as do Jarau?*
– Mais ou menos isso.
Ele encolheu os ombros.
– De qualquer maneira é preciso...
– Uma cabeça e tanto.
– Taí, me tirou da boca – disse ele, satisfeito.
O feitio da conversa me comprazia e fui adiante: a cabeça ajudava, por certo, mas, mais do que a cabeça, valia o coração.
– É preciso compreender as pessoas, gostar delas. Um escritor sempre pensa que vai salvar alguém de alguma coisa.
O velho não soube o que dizer, pigarreou, mas Maria me fitava intensamente, como se recém me tivesse descoberto no outro lado da mesa, ao alcance da mão. E vendo Maria me olhar, vendo aqueles olhos tão escuros, tão grandes, ardentes, fixos em mim... oh, algo muito forte palpitava dentro dela, uma ansiedade, um desejo oculto, uma súplica feroz, e tudo, de algum modo, parecia estar ligado à minha pessoa.
Chovia ainda e os pombos, agitados, tinham trocado de lugar. O velho agora dava indicações da região, dizia que, por engano, eu tomara certo Corredor do Inferno, na vizinhança do arroio Garupá, município de Quaraí.

---

* Cerro existente no município de Quaraí. Segundo antigas lendas, cuja origem remonta às Missões Jesuíticas, ali tinham sido escondidas grandes riquezas. (N.E.)

Que o Posto da Harmonia não era longe e o assunto do macaco se resolveria na manhã seguinte, com o leiteiro.

– Nunca passa um carro por aqui?

– É que agora mudaram o caminho.

Maria baixava os olhos, uma garfada sem vontade na comida, um gesto perdido, um tremor nos lábios. O velho prosseguia. Contou que naquelas bandas ficavam os campos do velho Querenciano, homem muito rico que, ainda vivo, dera tudo para os filhos. E já me chamava de compadre.

– Isso tudo aqui, compadre, era a Estância do Urutau, cento e tantas quadras de sesmaria. Agora tá tudo repartido pela filharada.

Sanga dos Pedroso, Coxilha da Lata, Chácara Velha, Passo do Garupá, ia desfiando nomes que lhe eram caros e a crônica de seus antigos afazeres – caça ao gado xucro nas sesmarias do Urutau, os rodeios, as marcações, tropeadas ao Plano Alto e ao Passo da Guarda –, monologava quase, devia fazer um tempão que não se abria assim. E tão especial lhe parecia a ocasião que foi buscar no armário uma garrafa de cachaça.

– Isso aviva os recuerdos – explicou.

Em seguida começou a exumar velhas histórias, queixas amargas contra os estancieiros que por quarenta anos o tinham procurado nas horas de aperto e que agora, na velhice, deixavam-no de lado, como um rebenque velho. Embebedava-se. Me confessou, com lágrimas nos olhos, que um neto do finado Querenciano tentara "fazer mal pra guria", e não o conseguindo, marcara-lhe a coxa com um guaiacaço. Maria baixava os olhos, ruborizando.

— Já cavei a sepultura dele — rosnou o velho, as mãos crispadas de violência.

Sua língua pouco a pouco se tornava mais pesada, já quase não podia com ela e não era fácil entendê-lo. Sem demora derrubou a cabeça na mesa, completamente embriagado.

— Vamos colocá-lo na cama — eu disse, tão docemente quanto pude. — Ele não devia beber assim, faz muito mal.

— Ele nunca bebe. A última vez foi quando a mãe morreu.

Na outra peça havia um catre e uma velha cama forrada de pelegos. Acomodei-o na cama, ele fez uma careta, tossiu, pelo canto da boca escorria um fio de baba.

Maria mudou a água da bacia e começou a lavar os pratos, eu me sentei perto do fogão para manter os pés aquecidos e fumar um cigarro. Observava-a. Estava interessado nela, queria saber alguma coisa a seu respeito, compreender aquele momento em que, como alucinada, me cravara os olhos. Mas meu desejo de melhor conhecê-la não era tão grande quanto o receio de apenas abrir o tampão de suas emoções e depois não saber o que fazer com elas. Não, talvez fosse melhor nem dormir ali. Talvez fosse melhor pensar noutras coisas. Nas complicações do fim da viagem, por exemplo. Precisava alugar uma casa, comprar móveis, providências que sempre me embaraçavam. E tentava pensar nisso, contrafeito, quando me dei conta de que já não ouvia o barulho dos pratos. Maria me olhava, imóvel ao lado da bacia.

– Vou fazer a cama do senhor perto do fogão.
– Não precisa – eu disse –, vou dormir no carro.
– Mas o pai falou... vai fazer frio lá fora, aqui de noite a gente gela.
– Talvez não faça tanto.
Passou a mão na mesa, recolhendo farelos de pão.
– O pai falou que o senhor queria pouso.
– Ele não vai se importar, garanto.
– Ele pode achar que tratei o senhor mal.
Juntou as mãos, apertando-as.
– O senhor sabe? Aqui de noite a gente ouve o urutau*, parece o gemido de um boi morrendo.
E o vento vibrava nas abas do zinco. Junto à porta, então, era como fora, a umidade se alojando nos ossos da gente. E no entanto eu transpirava. Queria sair, mas estava preso ao chão.
– Prometo que amanhã a gente vai conversar bastante.
Destranquei a porta. Ela nada disse, olhava furtivamente para sua própria roupa e eu a contemplava com um ridículo nó na garganta, pensando, agora sim, pensando no que, decerto, não quisera pensar antes, nas manhãs dela de fogão e braseiro, nas tardes de panelas gritadeiras, nas noites, o sonho dela ganhando a estrada pelas frestas da janela, ganhando o campo, o arroio, os bolichos do arroio e as canchas de tava para pedir, a medo, um gesto de carinho aos bombachudos. Eu ia

---

* Ave noturna dos matos do Rio Grande do Sul, cujo lastimoso canto se assemelha a vozes humanas gritando ao longe. O urutau também é considerado protetor das virgens contra as seduções. (N.E.)

pensando e a fitava, pobre avezinha perdida nos confins de um mundo agônico. Por que eu?, eu me perguntava. O velho bebera novamente depois de tanto tempo. Por que eu? Eu trazia uma nova ordem para dentro de casa, sedutora quem sabe, mas não nutrida da velha, distante da velha, oposta àquele mundo compacto não dilacerado pela cidade e pelo asfalto das novas estradas. Eu poderia romper um elo da frágil corrente que o sustentava. Depois, que aconteceria? E no entanto eu não me movia, não saía e estava ali, como um moirão fincado, querendo ser o que ela queria que eu fosse.

E tranquei de novo a porta.

Ficaria, sim. Por meu coração eu ficaria. Havia dito que um escritor precisava compreender as pessoas, gostar delas. Não, não devia generalizar, não devia falar senão por mim mesmo. Compreender, amar, no meu amor jamais coubera uma retirada, ainda que em nome de alguma consciência.

Ela trouxe o catre, estava radiante e não sabia.

– Perto do fogão fica quentinho a noite toda. E se o senhor quiser posso botar uma carona na janela pra tapar essa buracama.

– Ah, isso é importante. Não vamos deixar entrar nenhum ventinho.

– Nem o canto do urutau.

– Melhor ainda.

– Vou atiçar as brasas, posso? O pai vai ficar contente de saber que o senhor dormiu aqui.

– Eu sei que vai.

Me sentei no catre e ela se aproximou, apalpando-o.
– Não quer mais um pelego?
– Obrigado, está bem macio.
– Se quiser é só pedir.
– Pode deixar, eu grito: "Maria, outro pelego".
Sorriu, esfregou as mãos.
– Tenho o sono bem leve.
– Como a pluma.
– Senhor?
Passou a mão no cabelo curto. Tirou a lamparina do jirau, colocando-a na mesa. De volta à velha sela os pombos dormitavam, juntinhos.
– Sabe como apaga?
– Ffff.
– É, aí ela apaga.
Sorriu de novo, seus olhos não cessavam de buscar os meus.
– Maria.
Ela me olhou, hesitante.
– Quer... quer mais um pelego?
Levantei o braço, toquei-lhe o queixo e ela se encolheu. Tomei-lhe a mão, ela virou o rosto e em seguida se desprendeu, assustada, ofegante. Um soluço a sacudiu por inteiro e ela correu para o quarto onde estava o velho.
Me levantei, soprei a lamparina. Descalcei as botas. Deitado, aticei as brasas e acendi mais um cigarro. Era bom ouvir lá fora o vento, ouvir a chuva no zinco sem parar. E acima desse ruídos todos ouvi um mugido pungente que parecia brotar das entranhas da terra. Sim,

senhor, então no Garupá, no Corredor do Inferno, tínhamos um urutau mugidor? Sorri, contente comigo mesmo. Me cobri com o pelego. Havia muito o que pensar, mas me sentia tranqüilo. Me sentia feliz. Sempre soubera que o verbo amar tinha várias maneiras de ser conjugado, uma delas sempre serviria para tornar menos doloroso aquele elo partido. Apaguei o cigarro na terra. Esperei. Ela voltou devagarinho e no escuro se deitou comigo. Estivera chorando, claro, e ainda fungava um pouco.

– Ouviu o urutau? – perguntou, num sussurro.

– Não era urutau nenhum, era um boi – eu disse, e achei que nossa noite estava começando muito bem.

HOMBRE

Pacho me dissera que a vida tinha mudado, que agora os estancieiros mantinham severa vigilância no rio, nos matos, nos pastos, mas, ainda assim, insistira em acompanhá-lo. Era um dia importante, véspera de batizado na família (eu era o padrinho), e ele tinha a intenção de voltar para casa, na manhã seguinte, com algo mais substancial do que um pacote de mariolas.

Estávamos a curta distância da margem correntina, num remanso, a chalana se embalando num macio de rede. Estávamos silenciosos, à espreita, quando se falava era sussurrando, quando se acendia um cigarro era escondendo o lume na mão. Uma, duas da madrugada e a espera continuava. Desacostumado, já me queria de pernas ao comprido, já me pesavam as pestanas quando Pacho meteu o remo n'água.

– Bicharada bruaca, pelo jeito vai pousar no seco.

No matagal, queria ele dizer, no fundão do arvoredo, pelos enredados do cipoal, pelas grutas folharadas e aguaçais, fortalezas de unha-de-gato e mata-cavalo onde apenas um cão vivido podia entrar e dar sinal. Cambou o bote rio acima para visitar outros paradouros no cerrado caponal do velho Tourn. Desgrudamos da costa, uma corrente mais enfezada deu um guascaço pela proa e a popa por pouco não engole um mundão d'água.

– Não é melhor tirar mais pra beira d'água?

Pacho não gostou.

– O barco tem piloto, mano.

Naquela escuridão eu não o via. Ouvia apenas o tchá-tchá vagaroso, vigoroso, de sua cadenciada voga.

– Desse jeito a bateria vai molhar – insisti. E como não respondeu, acrescentei: – Um nada à esquerda tá remanseando.

Me preocupava e não só pela bateria. Era o rio mesmo. Fazia um tempão que não me embarcava e já me descalejara de seus mil perigos. Um descuido, um pequeno engano e a saída era uma só: espiolhar o rumo da costa na tesão do braço. E eu não era mais o mesmo.

– Deixa a chalana que eu entendo ela – disse Pacho.

– Ah, é? E quem te ensinou a descer um bote n'água?

– Isso faz dez anos.

– Mas quem foi rei...

– Psiu – fez ele, erguendo um remo. – Ouviste?

– Não, nada.

– Tem um chegando aí.

Deixou a chalana rodopiar devagarinho e assim nos aproximávamos da margem, recuando e sem ruído. Bicho, finalmente, e Pacho se inquietava.

– Liga duma vez que ele não te espera.

– Tá muito longe.

– Longe nada, liga.

– Entra mais no remanso.

Velha divergência nossa, essa da distância boa do tiro e o risco de espantar o animal. Pacho resmungou, mas fez o bote deslizar, os remos só penteando a água.

– Remanso, remanso, se esse bicho foge eu te capo.

– Deixa o bicho que eu entendo ele – dei o troco, confiado na velha habilidade.

Destravei a vinchester, liguei o holofote, fez-se um clarão na barranca do rio e a água fumaceava, prenúncio de geada espessa naquele mês de junho. Que friagem. E era uma sensação bem estranha que a gente sentia, por trás daquela névoa, como se nós, no escuro, estivéssemos no alto, e o clarão fosse um perau de barro, macega, ramaria, onde mergulharíamos sem apelação.

– Ali, debaixo do salso!

Virei o holofote devagar e nas franjas do salso faiscou um par de olhinhos vermelhos. Pela silhueta era um colhudo. Pacho travou a chalana no remo e o capincho, cego, escarvou na barranca e sentou para trás. Apontei no entreolho, constatando, aborrecido, que meu braço tremia – ô saudade daquele tempo velho, Pacho no remo e comigo a vinchester mortal, rescendendo a graxa e querosene...

– É nosso – gritou Pacho.

E meu tiro retumbou na orla do mato, despertando a passarada que dormia. Anus, batuíras, inhambus, macucos, tajãs, uma zoeira de asas nervosas, e os sapos, assustados, se arrojaram num tremendo alarido.

– Erraste.

– Não brinca.

– Um palmo acima da cabeça.

No salso o balanço da galharia, a voação tremelica das folhinhas arrancadas pela bala. Pacho soltou o bote.

– Merda, nunca errei nessa distância.

– E eu sou testemunha.

Desliguei o holofote. A chalana descia o rio, tão leve quanto o subira, e o peso eu carregava em meu peito.

– Que azar. Precisavas dessa carne, não é?

– E daí? Não é a primeira vez que a gente se dá mal.

– Mas logo hoje... Que regalo pro meu afilhado.

Ele deu uma cuspida n'água.

– E as galinhas do Dr. Sarasua? A gente encosta o bote e corre, quantas vezes se fez isso antes?

– Galinha? Ainda roubas galinha?

– Por que não? Carne por carne até que fede menos.

– Mas não é arriscado? Naquele tempo o Sarasua...

– Hoje tá arriscado em toda parte.

O bote era empurrado pela correnteza, sacudia-se, ameaçava entortar e Pacho o apurava ainda mais, dando verdadeiras pauladas naquela água braba. De quando em quando ela subia nas guardas, perigosamente, e se derramava no fundo da chalana.

— Devagar, paisano.
Ele nada disse.
— Vai com calma, Pacho, temos um batizado essa manhã.
— Não te falei no bando que o Tourn contratou no Alvear?
— Que tem ele?
— Não tá ouvindo nada?
Era uma lanchinha, longe, picotando a quietude do rio.
— São eles?
— Só pode.

Sem demora se acendeu rio acima um farolete e meu coração começou a bater forte, pronto, já estava arrependido de ter vindo.

Tourn, Eugenio Tourn, era um correntino abonado, proprietário de campos e matos na costa do Uruguai, e já havia alguns anos que, com o apoio das autoridades, prometera exterminar os capincheiros da região. Aquela gente que empreitava na cidade, dita maleva e traicionera pelos homens do rio, acampava no mato com comes e bebes a la farta e do mato só saía com idéia ruim. Não hesitavam em desgraçar um homem por causa de um reiúno baleado, e pouco lhes importava que aquela carne fedida tivesse por destino o bucho dos barrigudinhos que perambulavam, acá y allá, pela mísera ribeira. Não, antes as coisas não eram assim, tão descaradas, e agora eu começava a acreditar nas fantásticas histórias que Pacho só destrançava depois de um quinto gole de canguara.

A lancha se aproximava, o luzeiro ziguezagueava, esquadrinhando o rio, até que nos achou. Me atirei no fundo do bote. Pacho continuou remando e a chalana corcoveava como um potro. Ouvi um tiro seco de revólver.

– Eles vão te pegar!

Outro tiro e ele nada.

– Perdeste o juízo? Te abaixa!

– Calma – disse ele, ofegante. – Essa lanchinha tá pesada... cinco e mais os trens...

– Cinco?

– De tarde andei espiando o acampamento. Tavam numa farra... cinco e o chinaredo.

Me ergui devagar, cauteloso. Cinco dentro não queria dizer nada, mas a lancha, curiosamente, se distanciara um pouco. Agarrei a vinchester. Estava vexado por meu papel de maula, Pacho bracejando e eu deitado, e pelo outro fiasco que fizera naquela madrugada. Em que espécie de hombre eu me transformara?

– Por mim, fazia uma espera por aí e dava um susto neles.

– Cara a cara? Isso sim que é falta de juízo. E se me acertam um balaço, quem vai cuidar da Irene e do teu afilhado?

Larguei a arma, envergonhado.

– Já te falei que me defendo – tornou ele –, mas tem que ser na moita. Eles têm lancha, armamento, polícia, capangada, e a gente tem o quê? Raiva, mas numa hora dessas a raiva não resolve nada.

– Qualquer dia te pegam.

— Bueno, é a luta, mas hoje te garanto: não pegam ninguém.

Atrás de nós só o pretume do rio, medonho, acolherado à escuridão do céu. Pacho ergueu os remos.

— É estranho — eu disse. — Tinham tudo pra nos alcançar e desistiram.

— Pudera, tão afundando.

— Afundando?

— Enquanto eles farreavam fiz quatro brechas de pua pra cima da linha d'água. Com eles dentro tá fazendo água que é um desastre.

— Grande!

Em seguida começamos a ouvir gritos, estalos, rumores, e aquele rebuliço no meio da noite chegava a dar medo. Parecia uma batalha, e de certo modo era uma batalha, eu só imaginava que pedaço não estavam passando os cupinchas do correntino, baldeando e baldeando água — se é que tinham balde — e catando em vão as brechas submersas.

— Pega um pouco, tô pregado.

Trocamos de lugar.

— Tá danada essa água.

— Andou chovendo um quilo lá pra cima.

— E essa gente? Será que alcança a costa no braço?

Ele acendeu a lanterninha, alumiando o surrão. Em volta da chalana a água fumaceava, fumaceava.

— Vai uma bolacha?

— Vai. Mas com essa escuridão, essa friagem, o rio desse jeito... será que esse pessoal consegue?

— A metade sempre chega.
— A metade? E os outros?

Pacho olhava para o rio escuro. O rosto dele, na contraluz da lanterninha, tinha um jeitão tristonho, encabulado.

— Os outros já merdearam.
— Olha aqui, compadre, eu...
— Que eles começaram, começaram — cortou ele, num tom cheio de mágoa. — Isso aqui era um lugar bom. Carne trabalhosa, mas chegava, pele de nútria pra negócio e mais a pena do avestruz, de vez em quando uma chibada de perfume, cigarro americano... lembra? A gente se defendia e a vida era decente. Aí eles começaram a se adonar de tudo, até dos bichos do mato, e mandaram a lei e esses bandidos. Te lembra do Agostinho Manco? Tá preso no Alvear já vai pra um ano, e a mulher dele, a Ardósia, tá fazendo a vida no Arizona, o puteiro mais engalicado do Itaqui. O Testão...

— Testão?
— Meu primo, aquele da mancha no cabelo.
— O filho do Marconde?
— O Testão sumiu. Ele tinha ido ao mato do Romeu Bandar, houve um tiroteio, e o corpo nunca apareceu.
— Eu entendo, mas...
— Não tem "mas", compadre, amor com amor se paga.
— Mas é um negócio tão imundo...
— Imundo? Ora, a gente fica que nem porco, se acostuma com tudo.

— Ah, eu jamais me acostumaria.

Ele parou de comer e me olhou.

— Tu é um bosta, por isso não queria te trazer. Tu era gente boa, todo mundo aqui te queria bem, te admirava, o Agostinho, o finado Testão, o Pedro Sujo, o Bagre, o pessoal ficava conversando fiado nos bolichos, que capivara de holofote era a marcação da tua vinchester, correntino de quepe o dengue do teu soco inglês. Tu tinha fama e te digo mais, até eu, que sou eu, ficava te invejando. Tu era grande, tu era gente nossa.

Exagerava, claro, mas só a lembrança, mesmo descontada, já me dava um nó na garganta.

— Trocou o rio pela cidade, pela capital, virou homem de delicadezas, empregado de patrão, trocando a amizade dos amigos pelo esculacho dos endinheirados. Pra que serve tudo isso? Agora taí, um pobre-diabo que não presta mais pra nada. Dispara feio num capincho e no primeiro entrevero se borra nas calças.

— Um homem... — comecei a dizer.

Um soluço e não disse mais nada. Pacho acendeu um cigarro, os olhos dele rebrilhavam.

— Bueno — e a voz se adoçava —, me desculpa, não era isso que eu ia dizer. Ando meio estropiado dos nervos, tu já sabe como anda essa vida.

— Tô aprendendo — eu disse.

Passávamos defronte às terras do Dr. Sarasua. Ele remexeu no surrão.

— Que te parece uma cachacinha?

Disse-lhe que não havia nada melhor.

— E um baita porre? — tornou.
Larguei os remos no fundo da chalana, animado.
— Rio abaixo?
— Salud — disse ele, dando o primeiro gole.
Aproximou-se, chapinhando no fundo alagado. Me alcançou a garrafa e eu brindei:
— Pros teus nervos de gato manso.
Ele riu e me arrancou a garrafa das mãos.
— Pra tua vinchester empenada.

Brindamos à alma do primo Testão, à puta do Agostinho Manco, ao futuro do meu afilhado, e para mostrar que em nossos corações não havia grande rancor, brindamos também aos capangas do Tourn que, naquele momento, eram pastados por dourados e traíras.

Aquele batizado era capaz de não sair na hora marcada. Já clareava o dia, e Pacho, embriagado, teimava em descer o rio, bebendo, cantando. Tinha uma voz horrível, taurina, mas a milonga que mugia calava fundo em meu coração, falava de amigos mortos, homens que tenían algo más que leche en los cojones.

VELHOS

No domingo pela manhã a estância acolheu duas visitas. A primeira foi a do noivo de Maria Luíza, que veio num auto azul e barulhento, erguendo uma polvadeira na estradita que partia em dois o potreiro e a invernada da frente. A segunda foi a do velho Sizenando López. Mas este veio montado, a passo e sem ruído algum, com Dona Bica na garupa, e só chamou a atenção porque a cachorrama, nervosa com o bochincho do auto, abancou-se a acoar.

Sizenando foi recebido na porta do galpão por seu mano Cuertino, antigo capataz do pai de Maria Luíza. As mulheres se asilaram na meiágua atrás do galpão e os dois velhos sentaram em cepos ao redor do fogo, onde, numa trempe, já chiava a cambona.

Cuertino esperava o irmão de mate pronto. Desde que Sizenando, quinze anos antes, viera capatazear um estabelecimento lindeiro, todos os domingos eles se visitavam: num, iam Cuertino e Dona Santa, noutro, vinham Sizenando e Dona Bica.

Sizenando costumava chegar às dez horas, mas, ultimamente, tivera de cambiar seus hábitos. Maria Luíza, que sempre desapreciara a mesmice do campo, de súbito passara a preferi-la, nos fins de semana, à variedade citadina: chegava na sexta à tardinha, com os pais, ficando até segunda ou terça. Já o tal noivo, como Sizenando, vinha aos domingos, mais ou menos à mesma hora, e duas ou três vezes o obrigara a pular fora da estrada, além de sufocá-lo na poeira. Agora o velho vinha às onze e, prevenido, mantinha-se ao largo do caminho.

A peonada tinha ido à vila desatar umas carreiras, de modo que os dois manos estavam sós, já no terceiro mate e sem ter-se adiantado aos saudares iniciais, quietos, entretidos com as vozes das mulheres na casita. Quando Cuertino ofereceu mais uma vez a cuia ao visitante, este como se acordou.

– E a Santa? Melhorou da perna?

Cuertino respondeu com um grunhido que, decerto, queria dizer sim. E acrescentou:

– Quem não anda bem é seu sobrinho.
– O Neco? Que é que ele tem?
– Olheira.
– Não diga – admirou-se Sizenando.

Cuertino pegou a cuia de volta.

– Pois é, guri novo e com o olho lá no fundo.
– Isso não é bom.

– Não, não é.
– Nessa idade, tinha que andar atirando o freio.
– Bueno, isso ele anda – disse Cuertino. – Pro meu gosto, até demais.

Sizenando disse "entendo", mas sua expressão era a de quem ainda não começara a entender.

Em seguida viram Maria Luíza e o noivo, que foram até o auto e voltaram com um pacote. "Que piguancha", pensou Sizenando, dando sorvinhos curtos no mate. E em voz alta:

– Dona Maria Luíza Santos Trindade...
– É... – fez o outro.
– Como vai esse noivado?
– Só Deus sabe.
– Se casam?
– Pois... a pressa parece que é só minha.

Sizenando interrompeu o mate, muito sério. Esperou, e como Cuertino nada mais dissesse, deu um sorvo, o último, e fez a bomba roncar repetidas vezes.

– Tenho meus motivos – disse Cuertino, por fim.

Era o mais que conseguia dizer de sua preocupação. Aquilo já ia para seis dias, vá dor de cabeça e as tripas se inflando e vá churrio, pois na primeira noite da semana, saindo para urinar, vira um vulto saltar de uma das janelas da casa principal. Era a janela do quarto de Maria Luíza. O vulto desunhara entre o arvoredo do pomar e Cuertino quedara como estaqueado, a princípio sem compreender nada e depois compreendendo muitas coisas que, até então, não se explicavam. Não quisera contar à mulher e resolvera esperar a visita do irmão mais velho para aconselhar-se.

Mais aliviado, sorvia devagarinho o mate. Sizenando, de braços cruzados, olhava para a casa grande, que via pela metade, olhava para o fogo, para o irmão, e vez por outra fazia movimentos afirmativos de cabeça, como a concordar consigo mesmo.

Depois do almoço, em que comeram carreteiro e canjica, sestearam no galpão. Da meiágua vinham ruídos de pratos e as vozes incansáveis de Dona Santa e Dona Bica.

Cuertino acordou antes, ao cabo de um sono abaloso que o fez rolar fora do pelego. Recomeçaram a matear, na segunda cevadura, que geralmente ia até quatro e pico, quando os visitantes iam cumprimentar os pais de Maria Luíza e se retiravam. O topete da erva ainda não se umedecera quando escutaram o barulho do auto e o viram descer a estradita em disparada.

Sizenando estranhou:

– Ué, já se vai o baiano?

– Cada vez fica menos tempo.

Pouco depois Maria Luíza apareceu no galpão.

– Boa tarde.

– Boa – disse Cuertino.

Sizenando, sentado, fez uma curta reverência, admirando, de revés, os portentos da menina: morena, carnuda, olhar de mormaço, próprio para enfeitiçar um homem.

– Como vai, Seu Size? E Dona Bica? E as filhas?

– Todos bem, graças a Deus.

— Diga à Dona Bica que tenho umas roupinhas pras moças.
— Com muito gosto, Dona Maria Luíza.
— Seu Titino — ela tornou —, a que horas volta o Neco?
— Pois... no fim da tarde.
— Então faça o favor, diga a ele pra ir pegar a lista de compras que eu quero que faça amanhã na vila.
— Sim, senhora, Dona Maria Luíza.

Ela agradeceu e foi-se, partindo com ela, para desgosto dos velhos, uma aura de perfume acanelado. Cuertino espiou o irmão, deu com os olhos atentos do outro e baixou os seus. Sizenando entregou-lhe pela última vez a cuia e pigarreou.

— Tio é quase um pai, não lhe parece? — e deixou escapar um sonoro arroto. — Gracias pelo mate.

Cuertino encostou a cuia no cepo e arrotou também.

— Desde que me entendo, é como meio pai.
— Pois a mim, como meio pai, me palpita que esse enleio é mixe e dá de desenlear.
— Não sei... há coisas que um velho não pode fazer.
— Mas dois velhos podem.

Ficaram calados, imersos em seus pensamentos, até que vieram as mulheres. Sizenando e Dona Bica foram cumprimentar os donos da estância, que os receberam na varanda. Depois de uns minutos, despediram-se, Dona Bica sobraçando um queijo, que ganhou da mãe de Maria Luíza, e uma bolsa de roupas com pouco uso, presente da menina.

No galpão, Sizenando começou a encilhar o cavalo, que durante a visita ficara solto no potreiro.

— Tá cada vez mais guapo esse gateado — disse Cuertino, batendo no pescoço do animal. — Nem parece que já vai pra doze anos.

— Não parece, não — Sizenando apertava a cincha —, e assim vai aos quinze.

— Periga aos vinte.

— Deus lhe ouça.

Sizenando conduziu o animal pela rédea até o alambrado que cercava a sede da fazenda. Viu que as mulheres deixavam a casita, ainda conversando. Antes que se aproximassem, disse ao irmão:

— Quer dizer que amanhã o Neco vai à vila.

— Se é que vai...

— Pois lhe diga que, amanhã ou depois, passe lá por casa. Quero uma palavrinha com ele.

— Vou dizer.

— Quem sabe não se aquerencia por lá.

— E tem lugar?

— Lugar não tem, mas se arruma. Tem é mulher. As minhas, que já estão numa idade boa, e aquela peona que veio da cidade. Chirua faceira! E tá pedindo um calor nessas noites frias.

— Não diga.

— Digo sim. E se bem conheço o nosso galinho...

No caminho, antes da porteira grande, encontrou-se com Neco, que vinha num trote alargado. "Nem espera o fim das carreiras", pensou o velho.

O guri tirou o chapéu. Era moreno acobreado e melenudo.

– A bênção, tia.

– Deus te abençoe, filhinho – disse Dona Bica.

– A bênção, tio.

– Deus te abençoe, sem-vergonha – disse o velho Size, sem deter-se.

Neco retesou-se num prisco, entre surpreso e assustado, e volteou o cavalo na direção do velho, que se afastava.

– Que foi que eu fiz, tio? – perguntou, humildemente.

– Por enquanto, quase nada – disse o velho, sem olhar para trás –, mas te garanto que, de amanhã por diante, vais ter muito o que fazer. Já pra casa!

Neco ficou um momento olhando a esmo, de chapéu na mão. Abriu os braços numa reclamação muda, depois cobriu-se e retomou o trote rumo às casas, menos apressado do que vinha.

GRÁFICA EDITORA
Pallotti
IMAGEM DE QUALIDADE

Santa Maria - RS - Fone/Fax: (55) 3220.4500
www.pallotti.com.br